W I N G S ・ N O V E L

書庫の姫はロマンスを企てる

作家令嬢と書庫の姫～オルタンシア王国ロマンス～③

春奈 恵
Megumi HARUNA

新書館ウィングス文庫

S H I N S H O K A N

書庫の姫はロマンスを企てる
作家令嬢と書庫の姫～オルタンシア王国ロマンス～③

目次

作家令嬢と書庫の姫 ～オルタンシア王国ロマンス～

Characters & Map

エリザベト・アデラール・ド・シャロン
（リザ）

オルタンシア王国第一王女。
読書家。

アナスタジア・ド・クシー
（アニア）

クシー女伯爵。
オルタンシア王国王宮文官。
小説の執筆が趣味。
元宰相だった亡き祖父の記憶が見える。

ジョルジュ・エミリアン・ド・シャロン

メルキュール伯爵。
リシャールの双子の弟。

ティモティ・ギュスターヴ・ド・バルト
（ティム）

マルク伯爵。王太子付き武官。
アニアの従兄。

リシャール・マティアス・ド・シャロン

オルタンシア王国王太子。
リザの兄。ジョルジュとは双子。

エドゥアール・ド・クシー

アニアの祖父。
先代オルタンシア国王の宰相で、
穴熊エドゥアールと
呼ばれた切れ者。故人。

シリル・ロマン・ド・ポワレ

パクレット伯爵。オルタンシア王国宰相。
エドゥアールの元部下で平民出身。

ディアーヌ・ルイーズ・
シャルロット・ド・ポワレ

ポワレ宰相の妻。エドゥアールの養女で、
アニアにとっては血の繋がらない叔母。

ルイ・シャルル・ド・シャロン

ユベール二世の異母弟。
クーデターに失敗し、
アルディリア王国に亡命。
別名マルティン・バルガス。

ユベール・ド・シャロン

オルタンシア王国
国王ユベール二世。
リシャール、ジョルジュ、
リザの父親。

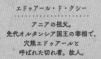

オルタンシア王国周辺地図
グリアン王国
グランツ王国
シェーヌ領
パクレット領
ステルラ共和国
ホルク
ブランシュ領
アルディリア王国
メルキュール領
アガタ
リール
バルト領
オルタンシア王国
ラウルス公国
クシー領
マルク領
クレド
イロンデル港
ランド領
セリュール港
セレーノ
ガルデーニャ王国
SEA

イラストレーション◆雲屋ゆきお

Shoko no hime wa
romance wo
kuwadateru

書庫の姫は
ロマンスを企てる

1

その日王宮はいつもより静かだった。

バルコニーに通じる大きな窓から涼しい風が柔《やわ》らかく吹き込んでくる。遠く響く鐘の音が正午を伝えていた。

美しく整った庭を望む窓のある部屋の真ん中に、リザことオルタンシア王国第一王女エリザベト・アデラールが椅子に腰掛けていた。

白磁《はくじ》の肌に金褐色《きんかっしょく》の瞳が配置された愛らしい美貌《びぼう》とそれを縁取《ふちど》る輝く金髪。

今年十六歳を迎えた王女は、美しい装丁が施《ほどこ》された書物を膝の上に拡げて大事そうに読みふけっていた。ただ、それは『呪術《じゅじゅつ》の歴史』というあまり愛らしくない題名だった。

彼女は満足げに息を吐くと書物を静かに閉じた。

「もうこのような時間か。何ごともなさすぎてつまらぬな」

忙しく働いている人々が聞けば目くじらをたてそうなことを呟くと、読み終えた書物を傍《かたわ》らの机の上に積み上げた。

事情があってリザの今日の習い事はほぼ中止となっていた。

なので刺繍《ししゅう》や詩歌《しいか》の講師から与えられた課題をさっさとこなして、趣味の読書にふけっていたのだ。

軽く背伸びをすると緩《ゆる》く束《たば》ねた長い髪が背中で揺れた。

そこへ、女官がリザの兄リシャール王太子の来訪を伝えてきた。

「これはこれは兄上。ようこそおいでくださいました」

一方、部屋に足を踏み入れた王太子とその側近は、リザの上機嫌な笑顔と室内の有様《ありさま》に言葉を失った。椅子に腰掛けたリザの周りには、あたかも姫君を守護する城壁のごとく書物がぐるりと積み上げられていた。

「部屋の方にいないと思ったら……これはまた、ずいぶんと派手にやっているな」

この部屋は書庫の隣室で普段は書庫管理官の執務室として使われている。リザは普段からここを読書部屋にして入り浸《びた》っていた。とはいえ、ここまで大量に本を持ち出したのは久しぶりかもしれない。

リザの兄リシャールは、短く切った黒髪と整ってはいるが強面《こわもて》と言われる風貌の持ち主だ。並外《なみはず》れた長身もあって威圧感《いあつかん》がある。二十四歳という年齢以上の貫禄《かんろく》を感じさせる。

その彼は唯一リザと似ている金褐色の瞳で書物の山を見回して、何でこうなったと当惑しているようだった。それを見たリザは吹き出しそうになった。

リシャールの背後に側近としていつも控《ひか》えている赤銅色《しゃくどういろ》の髪をした長身の男、ティムことマルク伯爵ティモティ・ド・バルトもさりげなく口元を覆《おお》って上品に笑いを堪《こら》えている。

「久しぶりに『書庫の姫』の本領発揮《はっき》でございますね」

「そなたの遠慮《えんりょ》しているように見せかけて遠慮していない物言いも大概《たいがい》だな」

リザには『書庫の姫』というあだ名がある。

幼い頃から書庫の膨大《ぼうだい》な蔵書を片っ端から読みあさり、今では絶えず読み物を側《そば》に置いておかないと落ち着かないほどの読書家になっていた。一時は書庫に住み着いていたこともあるほどだ。

リシャールは積み上がった本の山から何げなく一冊手に取って、それが呪術の本なのを見てとると軽く顔を顰《しか》めた。武人でもある彼にとってはあまり楽しい内容ではないからだろう。けれどリザに対しては普段通り穏やかに問いかけてきた。

「書物に親しむのは悪いことではないよ。けれど、いくら女官長が不在だからと言ってこれはやりすぎではないか？」

「そうですね。なにやら急な腹痛だそうで。女官長は心配ですけれど、今日の予定がなくなったおかげで読書が大変捗《はかど》りました」

リザは満面の笑みで答えた。リシャールは口元をわずかに緩《ゆる》める。

「そういえば、昔はよく女官長の飲み物に何か入れていたな……」

「あら、子供の悪戯《いたずら》ですわ。そもそも何か盛ったくらいでどうにかなるような方ではないでしょう？」

リザはそう言って上品に微笑《ほほえ》む。

女官長を務めているモンタニエ夫人はリザが生まれた頃から王宮で働いている人物だ。最初の仕事がリザ付きの女官であったことが彼女にとって運が良かったのか悪かったのか。おそらく後者だろうとリザは思っている。

確かに幼い頃は少々やんちゃだったと自覚している。彼女をいろいろ困らせたのも覚えている。

リザは子供の頃、周囲の人間の飲み物に山盛りの塩を混ぜたり、香水瓶《びん》の中身を入れ替えたりくらいの可愛《かわい》らしい悪ふざけは一通りやってきている。

そのせいか今では女官長には手の内を知られていて、リザが些細《ささい》な悪戯《いたずら》を仕掛けても表情で見破られてしまう。だから薬を盛ったりできるはずがない。

リシャールはもう一度ぐるりと室内に目を向ける。

「……戻ってくるまでに片付けておかないと、また卒倒するのではないか？」

「それもそうですね。病み上がりの相手に追い打ちをかけるのは本意ではありません。そろそろおしまいにします」

リザとしても女官長がいたらさすがにここまでのことはやらない。

普段から身だしなみだの作法だのと細かく注意してくる女官長の不在は、彼女にとっては格好の機会だった。だから書庫から大量の書物を持ち出してきたのだ。

ただ、これだけの書物を書庫に戻しに行くことはあまり考えていなかった。

「王太子殿下、僭越《せんえつ》ながら王女殿下のお手伝いをさせていただけないでしょうか。これだけの量となると運ぶだけでも大変でしょう」

すると、今まで静かに控えていたティムがそっと口添えをしてきた。この水色の瞳の穏やかな物腰の優男はいつもにこやかで、怒った顔をリザは見たことがない。

リシャールはそれを聞いてあっさりと頷いた。

「……そうだな。では、バルトは片付けを手伝ってやってくれるか。エリザベトもそれでいいな？　どうせこの本は全部読み終えたんだろう？」

「そうですね。兄上のお心遣《づか》いに感謝いたします」

リザは正直にその提案を受けることにした。

確かにそろそろ何とかしないと収拾がつかなくなるだろう。こんな時笑って手伝ってくれる友人は今は領地に帰ってしまっているのだし。

……めったにない自由だったとはいえ、ちょっとばかりはしゃぎすぎたか。

けれど、一瞬兄とティムが何やら意味ありげに視線を交わしていたのが気になった。

考えてみれば多忙な立場にある兄が来訪の理由をなかなか口にしないのは奇妙だ。

リザは注意深く二人を観察することにした。

そこへ侍従がやってきた。どうやら急用でリシャールを探してきたらしい。

「国王陛下より、リシャール王太子殿下ならびにエリザベト王女殿下に、直《ただ》ちに謁見《えっけん》の間においでいただきたいとの仰《おお》せにございます」

「承知した」

リシャールが重々しく頷いた。

直ちにというからには何か重要な案件が発生したということだろうが、どうして自分まで呼ばれるのかとリザは不思議に思った。

「私も呼ばれるとは……何ごとなのですか？」

リザが問いかけると侍従はよどみなく答えた。

「クシー女伯爵から早馬があった件について、とのことです」

それを聞いてリザは動揺した。

早馬？　アニアから？　確か今彼女は領地の視察に行っているはずだ。

アニアことクシー伯爵家の現当主アナスタジア・ド・クシーはリザにとって大事な同い年の友人だ。

濃褐色《ブルネット》の髪と好奇心いっぱいの大きな青い目をした小柄《こがら》で元気な少女で、様々な事情から家《か》督《とく》を継ぐことになったオルタンシア初の女伯爵でもある。

若く経験の少ない女伯爵を心配する声もあったが、宰相《さいしょう》であった祖父譲《ゆず》りの才覚なのか王宮内の役職も領地の運営も危なげなくこなしている。

その彼女が国王宛《あて》に早馬を送ってくるというのは尋常《じんじょう》な事態ではないはずだ。何か悪いことでもあったのかという思いがリザの頭をよぎる。

彼女の所領は国の西端、海に面していて比較的平和な地方だ。その海の向こうにはグリアンを始めとするいくつかの島国があるが、まさかそのどこかが攻め入ってきたのだろうか。

思わずリザが兄の顔を見上げると、彼は普段と変わらない表情で黙って頷いた。そして、すぐに侍従に向き直った。

「……すぐに伺《うかが》うと陛下にお伝えしてくれ」

侍従が下がってから、リザは目を細めて兄に問いかけた。

「兄上。ご存じだったのですか？」

この兄がアニアのことで全く動じないのはおかしい。理由はともかくアニアは堅物《かたぶつ》と名高いリシャールが唯一自分から関心を向けた女性なのだから。

最初から打ち合わせ済みだったのか。一体どこから？

自分が知らないことがあるのは仕方ないが、わざと隠されるのは面白《おもしろ》くない。

リザの問いかけにリシャールは頷いた。

「早馬のことは知っている。本当にアナスタジア本人からなのか確認したのはバルトだからな」

リシャールはティムに目を向ける。彼はアニアの従兄《いとこ》に当たる。クシー家の事情にも詳《くわ》しいから当然確認役を務めることになったのだろう。

というより、アニアはそれを見越してティムが顔を知っている者を寄越したのかもしれない。彼女ならそのくらいの機転は働かせるはずだ。

「もしかして、最初からそのことでこちらにいらしたのですか」

「否定はしない。そなたがすでに聞きつけていたら大変だからな。確かめようと思ってな」

どうやら彼らがリザの元を訪ねてきたのは早馬の件がどこかから耳に入っていないかと様子を見にきたらしい。

もっとも今日のリザはほとんど書庫とこの部屋の往復だけで誰にも会っていなかったので、そんな騒ぎには気づかなかった。

「確かめる……とは?」

「過去の例からそなたとアナスタジアが組んだら何かが起きかねないだろう?」

リザは眉《まゆ》を寄せた。

それでは自分たちは何かの凶悪犯のようではないか。

確かに今までアニアと自分が王宮内の事件に首を突っ込んだり巻き込まれたりしたことはあるが、自分たちで騒動を起こしたことはない。むしろ事件解決に貢献《こうけん》してきたのだから感謝してほしいくらいだ。

「酷《ひど》いです、兄上。そんな危険な組み合わせのように言われるなんて。それよりも、兄上、早馬とは一体何ごとなのですか？」

リザが問いかけると、リシャールは首を横に振った。

「書状の中身はまだ父上しか知らない。ただ、リザの耳にこの件が入っていないか確認するようにと。それとともに、父上からはしばらくバルトをそなたにつけるようにと命じられている。だから、様子見を兼ねてそれを伝えに来ただけだ」

「では本のことは口実だったのですか」

「理由もなしに護衛を増やせばそなたが納得しないだろうと思ったのだ」

では、さりげなくティムを片付けの手伝いに置いていってそのままとどまらせるつもりだったのだろうか。何となく欺《だま》された気分になる。

「それにな、エリザベト。考えてもみるがいい。護衛とはいえ書庫に通じた男手があれば当分書物を運び放題だろう。悪い話ではないはずだ」

リシャールは平然とそう返してくる。リザは巧妙《こうみょう》な話にうっかり頷きそうになった。

確かにアニアがいなくなってから書庫通いが不自由になっているのは事実だが。

リザ付きの護衛や侍女は女官長に言い含められているので、リザの書庫通いには協力的ではない。

アニアは元はリザ付きの女官だった。リザの読書好きの理解者でもあった。けれど、今は文官として取り立てられたのでずっと側に仕《つか》えてもらうわけにはいかなくなった。

そのことについてはリザは不満を持っていない。自分は立場上いずれどこかに嫁《とつ》いで王宮を出る。自分付きの女官よりも文官として経験を積む方が彼女の将来のためになるからだ。

リザはアニアが来る前はいちいち通うのが面倒臭《くさ》くなって書庫に寝泊まりしていたこともあった。あれから少しは譲歩《じょうほ》しているのだから読書くらい好きにさせて欲しいのだが、女官長はリザを頻繁《ひんぱん》に書庫に出入りさせたら、また住み着いてしまうのではないかと疑念を持っているのだろう。

今日は女官長の不在をいいことに侍女に強引に手伝わせたが、普段ならこんなことはできない。

その点、ティムはアニアの従兄ということもあってリザの読書好きについても一定の理解がある。

さすが兄上、私の考えをよく理解していらっしゃる。

だが、まだ鵜《う》呑《の》みにはできない。

訳のわからない武官を寄越されるよりは顔見知りのティムの方がいいけれど、どうしていきなりそんな話になったのか。

そもそも、一時のこととはいえこれは左遷《させん》ではないのか？　ティムは将来次期国王の側近として期待されている立場だというのに。いずれどこかに嫁がされる王女付きにされるなど彼の評価にならない完全な左遷だろう。

ティムよ、そなたも少しは不満そうな顔をしたらどうなんだ。

リザが目を向けるとティムは普段通りの穏やかな表情で微笑んでいる。元々怒りや不満といった負の表情を見せない男なので、その真意は見えにくい。

なぜ自分がティムの代わりに本人より怒らなくてはならないのだろう。不条理ではないか。

どうせこれから父には会うのだ。ならばその時に理由を問いただささなくては。

「とにかく父上にお会いしよう。ここであれこれ詮索《せんさく》しても埒《らち》があかない」

「……そうですね」

リザはすぐに侍女を呼ぶように命じた。

「私は身支度《みじたく》をしてから伺います。兄上たちはどうかお先に」

リザはそう言ってリシャールたちを送り出して、何とか気持ちを落ち着かせようとした。

まずは父とはいえ国王の前に出るのに失礼にならない程度には軽く服装を整えなくてはならないだろう。面倒ではあるがその間に考えをまとめることができる。

アニアは得がたい大事な友人だ。その彼女に何が起きているのか早く知りたい。

だが、冷静にならなくてはならない。

リザは手に力を込めてしっかりと前を見据《みす》えた。

リザが謁見の間にたどり着くと、その場にはリザの父である国王ユベール二世と、兄リシャール。もう一人の兄であるメルキュール公爵ジョルジュ、そしてポワレ宰相《さいしょう》がそろっていた。

全体的にどことなく重い空気が流れているような気がして、リザは口上もそこそこにまず気になっていたことを問いかけた。

「……アニアに何かあったのですか？」

ユベール二世は首を横に振る。手にしていた書状を差し出して見せてくれた。

冒頭部分を目で追うと、それはリザの知るアニアのかっちりした整った筆跡で綴《つづ》られていた。動揺しているような走り書きではなく落ち着いた丁寧な筆致《ひっち》にリザは安堵《あんど》の息を吐いた。

「アナスタジア自身に何かあったわけではないよ。クシー伯爵領にあるイロンデルの港にグリアン王国の軍船が現れたらしい。二隻《せき》のみで、しかもグリアン国王の親書を携《たずさ》えて謁見を求めているという。用向きはグリアン国王とそなたとの縁談の申し込みだそうだ」

リザはそれを聞いて理解が追いつかなかった。

フィリウス大陸西端にあるこのオルタンシア王国は三方を海に囲まれている。その海の向こうにはいくつかの島国があって、グリアンもその一つだ。

ただし、かの国とオルタンシアの間には国交がない。というより、グリアンは国ごと異端として教会から破門されていて、どの国も国交を控えているため政治的に孤立している。

その原因は、グリアンの先代国王が大陸で最も勢力を持つ神聖レスレクティオ教会、通称神聖教会に反抗して自国の教会を独立させたことにある。つまりグリアンは異端の悪《あ》しき教えを信じる者の国で、教会いわく『悪魔に魂《たましい》を売った怪物』の国とされていた。

……その国からの縁談？　しかも今のグリアン国王といえば。

「あの、高名な『呪《のろ》われし国王』のウイリアム陛下ですか？」

旅芸人などの演目の題材にされている有名な話だ。

グリアン王ウイリアムは即位してから次々に王妃に先立たれている。若き王妃の生き血をすっているのか、それともその命を悪魔に捧《ささ》げたのか。いずれにしても国王本人もまだ若いというのに何人も妃《きさき》を失うというのは普通ではない。

教会が異端の者たちはこういう目に遭《あ》うのだという宣伝にしようと話を広めている可能性もあるだろうから、どこまでが真実なのかはわからない。

そう思ってあまり信じてもいなかったリザだが、その王との縁談が自分にも降りかかってくるとは。

嫁ぐ可能性が一番薄い国だと思っていたし、そもそも申し込んでも来ないだろうと思っていたのだ。

「それを言っちゃだめだよー。五人の王妃に先立たれたお気の毒な国王陛下だよ？　まだお若いのにね。たしか僕らと一つか二つしか違わないはずだよ」

「口を慎《つつし》め、ジョルジュ」

へらへらと次兄ジョルジュが笑いながらそう言って、リシャールに睨《にら》まれて首を引っ込める仕草をした。

どうもこの次兄は何を言ってもふざけているようにしか聞こえないのがよろしくない。

真面目《まじめ》過ぎるリシャールとは全く似ていないが、この二人は双子なのだ。おそらく母の胎内《たいない》にいたときから反発し合っていたに違いないとリザは思っている。

「そのグリアンの特使がもうじきこちらに来るのだぞ。それまでに態度を改めておけ」

「……来るのですか？」

リシャールの言葉にリザは驚いた。

すでにアニアがそこまで手配していたとは思わなかった。彼女は領主になって日が浅いし、外交の経験もない。判断がつけられずに王宮からの返答があるまで彼らを港に留め置いているのかと予想していたのだ。

「彼女の書状によると、すでにこちらに向かっているらしい。追い返さなかったのは上出来だ。今の情勢がわかっているのだろう。あいかわらずあの娘は面白いな」

国王が穏やかに微笑んだ。

現在、オルタンシアの東ではアルディリア王国と隣接するガルデーニャ王国が戦争を始めている。元々国境を巡《めぐ》って争いが続いていたのが、ついに本格的な戦争に発展した形だ。

ガルデーニャは現オルタンシア王妃の祖国であり、友邦国。対するアルディリアとは近年関係が悪化する一方だった。今は介入《かいにゅう》していないが今後の戦況によっては援軍を出すことになるので、その動向は注目されていた。

グリアンはこれに乗じて意味もなく大陸側に攻め込んでくるほど愚《おろ》かではないだろうが、オルタンシアの目が東に向いている間に西方の国々を刺激しないほうがいいだろう。

縁談を受けるにせよ断るにせよそれなりの礼を尽くす必要はある。向こうもそれを知って今なら門前払いにはされまいとやってきたのかもしれない。

「他の者たちのように『どうすればいいですか』とお伺いを立ててくるわけではなく、すでにそこまで情勢を読んで手回しをしているのだからな。話が早くて助かる」

「ではアニアも一緒に戻ってくるのですね」

「そのようだ。警護もしっかりとつけているそうだから、道中もまず大丈夫だろう」

アニアが何ごともなく無事だというのなら、ひとまずは安心だ。

縁談については父が決めることなので、リザはそれについては何も言わなかった。グリアン王がどのような人物であれ、もし命じられたら黙って嫁ぐしかないのだから。

ユベール二世がちらりとジョルジュに目を向ける。

「ではジョルジュ。グリアン語はできるな？　特使の案内と監視を頼めるか？　アナスタジア一人では荷が重いだろうから迎えに行ってくれぬか？」

それを聞いたリシャールが複雑そうな顔で父とジョルジュを見ていた。

リシャールには軍人としての立場がある。アルディリアとガルデーニャの戦況から目を離すことができない。アニアを迎えに行きたくても、軽々しく動くことができない立場だ。

滅多《めった》に私情を見せない兄上にしては珍しい。だが、悪くはないな。

リザがそう思っていると、ジョルジュも気づいていたのか唇に指を立てて微笑んだ。

「御心《おこころ》のままに。ですが、彼女の場合荷が重いどころか、彼らの方が彼女を甘く見て手痛い目に遭ってるかもしれませんね」

悪戯っぽく答えるジョルジュにユベール二世が口元をほころばせる。リシャールの表情も少し和《やわ》らいだ。

「リシャールはアルディリアの件に集中してくれ。エリザベトの護衛はどうなった？」

「ご命令通り、バルトに対応させます」

リシャールは普段通りの表情に戻っていた。自分の仕事の話になると私情を抑えつけて平然と受け答えができるのはさすがだ。

だが、ティムを自分のところに寄越したのがこの縁談のせいだと気付いて、リザは黙っていられなかった。

「父上、なぜ私の護衛を増やすのですか？　かの国から縁談が来たくらいで呪われたりはしないでしょう？」

リザの問いに国王が父親の顔になってこちらに向き直ってきた。

「そうではないよ、エリザベト。呪いなどより、生きている人間の方が数百倍怖いのだよ」

言外に含まれた意味にリザは納得した。

最近はあまり命を狙《ねら》われることはなかったのだがな。まだ安心はできぬということか。

リザはこの国唯一の未婚の王女という立場だ。王位継承権は持たないが、政略結婚の重要な手駒《てごま》になる。それ故《ゆえ》にか、命を狙われることも幾度《いくど》となくあった。

リザは元々アルディリアの王子と婚約していたものの、アルディリアがオルタンシアの貴族を煽《あお》って謀叛《むほん》を起こさせようとしたためにそれは解消された。

その後はしばらく平穏だったというのに。

やはり原因はグリアンか。

父が警戒していたのは教会側の反発だったのだ。今回の縁談が表沙汰《おもてざた》になれば、おそらく神聖教会が黙っていない。反対するだけではなく、圧力をかけてくるだろう。

教会にとって異端者は敵だ。この国がグリアンに対して示す態度を必ず監視しているはずだ。

大国オルタンシアがグリアンに懐柔《かいじゅう》されたりしないように。

場合によっては縁談を潰《つぶ》すために特使もしくはリザの命を狙ってくるかもしれない。

リザは強気に笑みを浮かべた。

「わかりました。生きている者は彼に任せることにします。けれど、呪いにつきましては私は常々《つねづね》詳しく知りたいと思っておりましたので、これを機にグリアンの呪いの正体を解き明かすのも面白いかもしれません」

そう答えると居合《いあ》わせた国王や兄たちは、食いつくのがそこか、と言わんばかりに微妙な顔つきになった。

けれど、リザの立場ではこのくらいしか言うことがない。全てを決めるのは父なのだ。

だからそれ以外は好きにさせてもらおう。

それにしても、呪われた王か。面白い。夫君になるかどうかは別として呪いには興味がある。

アルディリアの王子との婚約が破談になってから、いずれまた新たな縁談が来るものとは思っていたが、予想もしなかった相手だ。

いいきっかけだからグリアンについて調べてみるのも面白いだろう。

グリアン王国という存在についてはリザは書物でしか知らない。オルタンシアの西にあるいくつかの島を統《す》べる国で、先代国王が王妃との婚姻《こんいん》を無効にしようとしたが神聖教会が認めなかったために、勝手に新たな教派を設立してしまった。今から二十八年ほど前の話だ。

しかもその王妃というのが教会総本部のあるラウルス公国の公女だったのだから、よけいに教会側の逆鱗《げきりん》に触れたのだろう。国ごと破門されてしまう結果になった。

だが、離縁された王妃はリザの祖母の妹に当たる。父親が追い出した妃と血のつながりのある相手に結婚を申し込んでくるとはリザは思いもしなかった。

呪われた若きグリアン王とはよほど大胆《だいたん》で図太い人物なのだろうか。それとも何か思惑があるのだろうか。

　部屋に戻る間、目の前を歩くティムの背中を見ながらリザはふと思った。

「そなたはアニアのことが心配ではないのか？　異教徒と行動を共にしているというのに」

「心配はしています。けれどアニアは冷静に行動しているようですから大丈夫だと思います。というより、彼女にとっては格好の小説のネタでしょうから、あれこれ質問したりして特使の方々に失礼がなければいいのですが」

　ティムはそう答えながら水色の瞳に諦観《ていかん》をにじませる。

　リザはそれを聞いて納得してしまった。

　ごく一部の人間しか知らないが、アニアは趣味で小説を書いている。その趣味のせいか彼女は好奇心が強くて想像力も逞《たくま》しい。未知のものを恐れるよりも進んで首を突っ込みかねない。

「確かに。今頃特使たちをじっくり観察しているのだろうな」

　あの大きな青い瞳を輝かせて小説の題材にならないかと見つめられたら、特使たちはさぞや居心地が悪いだろう。目に浮かぶようだ。

　そう考えるとあまり心配しなくてもよさそうな気がした。

「……グリアンとは国交がなかったから、新しい題材が見つかるのではないか？」

「そうですね。グリアンは遠い国ですから」

ティムは少し沈《しず》んだ声でそう答えた。

海の向こうにある、言葉も宗教もちがう国。

今の情勢ではグリアンを敵に回すことは得策ではない。それを考えればリザが嫁がされる可能性も大いにある。もしかしたらティムはそのことに思いを寄せてくれているのかもしれない。

……そんなに同情してくれなくてもいいのだがな。そなたに心配される資格は私にはない。

いずれはどこかに嫁ぐことなどわかっていたことだ。

リザとしてはそれが国のためになるのなら別に構わない。自分が王女という地位にいるのはそのためなのだから。言われればどこにでも行くつもりだ。

すべては国王である父が決めることだ。

だが、確かに遠い。

リザは心の中でそう呟いて、こっそりと拳《こぶし》を握《にぎ》りしめた。

＊　＊　＊

街道を進む馬車の中で、アニアことクシー女伯爵アナスタジアは頭を悩ませていた。

ありえないわ。わたしみたいな西の果ての地方領主が一国の王の特使をご案内なんて……ありえない。

まさかこんなことになるとは思わなかった、というのが本音だったが、それを今顔に出すわけにはいかない。相手は目の前にいるのだ。

「素晴らしい。街道も整備されているし、町並みも美しい」

アニアの向かいでまるで物見遊山《ゆさん》のように楽しげに外を眺めている男はグリアン王国の特使。エルドレッド・ローダムと名乗っていた。

こっそり調べた結果、ローダムというのはグリアン北部に領地を持つ貴族の家名だとわかった。けれど長く国交がなかった相手国の情報は少なく、彼がどういう地位にある人なのかはわからない。

国王からの親書はグリアンと交流があった時代を知る古参の者に確認させて本物だと判断したが、それでも彼らをどう扱《あつか》えばいいのかと戸惑《とまど》った。

グリアンと国交があったのはアニアが生まれるよりも遙《はる》か前。あちらの習慣もわからなければ何が無礼に当たるのかも見当がつかない。

「お褒《ほ》めにあずかりまして光栄ですわ。ローダム卿《きょう》」

アニアが知る一番背の高い人物には少し劣《おと》るけれど、この人もなかなかの長身だ。

歳格好は二十代後半くらいかしら。リシャール王太子殿下より少しお年が上のようだわ。

無駄のない身のこなしと使い込んだ剣を見て、おそらくこの人も王太子と同じように武人としても優秀なのではないかとアニアは想像した。

炎のような鮮やかな赤髪と整った精悍《せいかん》な顔立ちをしているが、右のこめかみから斜《なな》めに顔を横切る大きな傷跡が目立つ。髪をひとまとめに後ろで束ねていて、傷を隠すつもりは全くないようだ。

何の傷だか色々妄想が膨《ふく》らんでしまいそうだが、アニアはそれを堪《こら》えて上品に微笑んだ。

「国王陛下は街道の整備にはお力を入れていらっしゃいますから」

「なるほど。それに、あなたのご主人もまた優秀な領主でいらっしゃるようだ。クシー領の話は長老から聞いてはいたが想像以上の賑《にぎ》わいだった」

……ご主人？　ああ、そうだったわ。うっかりしていた。

実はオルタンシア語でもグリアン語でも『女伯爵』と『伯爵夫人』は同じ言葉なのだ。

しかもアニアはオルタンシアで初めての女性当主だった。この国は長く男子相続のみを認めてきたので、彼らがアニアをクシー伯爵夫人だと思い込んでも無理はない。

まあ別にこの場で自分が既婚者かどうかなんてたいした問題ではないだろうと、アニアは曖《あい》昧《まい》に微笑んだ。

「ところであなたはエリザベト王女殿下がどうなさっているかご存じだろうか？　過日アルディリアの王子とのご婚約が破談になったばかりで、悲嘆《ひたん》なさっていらっしゃるのではないだろうか。いきなり訪れておいて心苦しい気持ちもあるのだが……」

アニアはどんな表情をしていいのかと一瞬戸惑った。

この方はグリアンの国王陛下とリザ様のご婚約をまとめるためにいらしたのよね。だから興味があるのはわかるけど……。

正直アルディリアのバカ王子殿下との婚約が破談になって一番喜んでいるのは当の本人で、悲嘆どころか毎日読書やら新たな趣味の開拓に余念がない。今もきっと女官長の心労を増やしているはず……。

……とはさすがに言えない。

アニアはこの夏頃まではエリザベト王女付きの女官だった。光栄にも愛称で呼ぶ許しまでいただいている。まだそのことを彼らには伝えていない。

隣国アルディリアの王子との婚約破棄《はき》騒動のことも実は間近で見ていたのだけれど、果たしてこの人はどこまで知っているのだろう。

「わたしには殿下の心中まではわかりかねますけれど、ご自分の立場を心得ていらっしゃるので、そのような弱い姿をお見せになるようなことはありませんわ」

盛大に詳細《しょうさい》を省いてそう答えた。嘘はついていない。

ふとそこでエルドレッドの隣に控えている金髪の若い従者と目が合った。確か、ロビンと呼ばれていた。男性としては平均的な身長なのに、柔和《にゅうわ》な顔立ちと隣にいる人物が大柄なせいでことさら華奢《きゃしゃ》に見える。旅の疲労からか顔色も悪くて落ち着かない様子に見えたけれど、アニアはそれ以上詮索はしなかった。

エルドレッドが連れてきた従者は二人、一人はこの若い青年で通訳兼補佐の役目だと説明された。彼の身の回りの世話もこの青年がやっている。もう一人は護衛ということで馬車の脇に単騎でついてきていた。灰色の髪をした無口で愛想のない大柄な男だ。

アニアが不自由なくグリアンの言葉を話せるため、このロビンとはほとんど会話をすることがなかった。

「なるほど……王女としてご立派な態度であらせられますね」

それからもあれこれと王女について質問が続いたが、アニアは当たり障《さわ》りのない回答に終始した。

アニアにも思うところはあるが、彼らは正式な特使なのだからとりあえずは粗相《そそう》がないように努めなくてはならない。

……だけど、こういうのは一介の地方領主には重責過ぎると思うのよね……。

ただ、アニアにわかっているのは、たとえこの方々が教会からは『悪魔の使徒』と罵《ののし》られているグリアン人だとしても、彼らの王が呪われていたとしても、言葉が通じる限りはこの人たちは怪物ではなく自分と変わらない人間だということだけだ。

事の起こりはアニアが領地視察に立ち寄った港町イロンデル。クシー伯爵領唯一の貿易港は西方の島国との交易を行う拠点《きょてん》でもあった。

その地は父の代にランド伯爵家に不当に奪われていたのだが、アニアが領主になったと同時に返還《へんかん》された。

港を管理する人々や商人たちは先々代の当主であったアニアの祖父を覚えていて、突然女性領主が就くことに困惑はしていてもクシー家に対しては概《おおむ》ね好意的だった。それは元領主のランド伯が不当なくらい重税を課していたのも一因だったらしい。

現在クシー伯爵家は借金を抱《かか》えていて財政状態はかなり悪い。アニアの両親と兄が浪費を繰り返してきたのが原因だ。新米当主のアニアが最初に戦わなくてはならなかったのが借金だった。

港の収益が上がれば大赤字になっている伯爵家の財政も立て直せるので、アニアは港湾関係者とは連絡を取り合い信頼を得るように努力してきた。

そして、今回も定期的な視察……のつもりだったのだが。

アニアが馬車から降りたとき、すでに港は大騒ぎになっていた。

突然港の沖合に現れた外洋帆船《はんせん》、しかもアニアが初めて目にする国旗を掲《かか》げている。書物の中でしか知らなかった、鮮やかな赤を基調に竜が剣に絡まったような意匠《いしょう》の旗だ。

「グリアンの国旗だわ……」

グリアン王国は海を隔《へだ》てて西にある島国の一つで、オルタンシアとの正式な国交はおおよそ二十五年途絶えていた。というより、大陸最大の宗教である神聖レスレクティオ教会がかの国を破門にしたので、どこの国も正面切って国交を続けることができなくなったのだ。

それでもクシー領では民間の交易はわずかに行われていて、グリアンの国情に詳しい商人もいるし、年配の者の中にはグリアンの言葉が話せる者もかなりいる。

彼らは遠眼鏡でその船を見てアニアに説明した。

「領主様。あれは商船ではなく軍の船でございます。船首の意匠は竜ですからどうやら下っ端ではないようです」

「喧嘩《けんか》をしに来たのではないようね。遭難《そうなん》してこちらに来たのかしら」

やってきた帆船は二隻のみ、砲門を布で塞《ふさ》いで戦意がないことを示しているのを見て、アニアは彼らが何か理由があってやってきたのだと理解した。

「さようでございますな。いかがなさいます？　追い返されますか？」

商人たちの目にはアニアの答えを値踏みしているような色があった。まだ彼らにとって新米領主は頼りない存在なのかもしれない。

アニアは即答した。

「相手が異教徒とはいえ、遠くから来たのに補給もさせずに追い返すのは気の毒だわ。とりあえず寄港の理由と船の修復の必要がないかを確認しましょう」

アニアは代表者から事情を聞くように命じた。もし何かあって航行に支障が出ているのなら、手助けをするべきだろうと考えたのだ。

彼らはこの場で一番上の者と直接話したいと言い出した。立場で言えばアニアが該当《がいとう》するだろう。双方護衛はつけるという条件で直接会うことにした。

下船してきたのは三人だった。

中でも一番長身の、目立つ鮮やかな赤髪と顔に大きな傷跡のある男は、堂々とした態度でアニアたちに歩み寄ってきた。

その姿を見た時、アニアの頭に全く別の情景が浮かんできた。

深い森のような場所で、その男とよく似た人物が自分に向かって何か叫んでいる。

……何かしら。でも、この人じゃないわ。

頭の中に見えた人物は目の前の男よりも年上に見えた。それに何より顔に傷跡がなかった。けれど、今は目の前の人たちに集中しなくては、とアニアは気を取り直した。

「わたしはクシー女伯爵アナスタジアです。いかなる事情で寄港なさったのでしょうか」

グリアン語で話しかけると彼らは一様に動揺を見せた。国交が途絶えて長いので若いアニアには言葉が通じないと思っていたのかもしれない。

赤髪の男がまず口を開いた。

「……エルドレッド・ローダムと申します。我々はグリアン国王ウイリアム陛下から貴国の国王陛下あての書状を預かって参りました。どうか、ユベール二世陛下へのお目通りを願いたい」

王家の紋章が入った文箱《ふばこ》を見せて、彼は恭《うやうや》しく一礼した。

「我らが国王陛下はエリザベト王女殿下との婚姻《こんいん》を望んでおられます。そのお返事をいただきたいのです」

リザ様と……？

確かに彼女は隣国の王子との婚約が白紙になって嫁ぎ先が決まっていない。求婚してくる国があってても不思議なことではない。

……ウイリアム王といえば呪われたとかいう噂《うわさ》がある方だわ。

あちこちで芝居や物語の題材にされているのでアニアも耳にしたことがあった。

ウイリアム王が迎えた王妃は二年もしないうちに次々と亡くなってしまう。

それは、王が錯乱《さくらん》して殺して生き血を啜っているとか、王の呪われた血のせいで王妃が病んでしまったのだとか、色々と尾ひれがついていて何が本当なのかさっぱりわからなくなっている。

けれど、どの話もウイリアム王の妃が次々と亡くなっていることだけは共通している。

どうしていきなり……。まさか、国内に王妃になれるような方がいなくなったからってリザ様に目をつけたのではないわよね？

そもそもグリアンは教会から異端とされている異教徒で、現在正式な国交はない。アニアにはそれを理由に追い払う権限もあったのだ。

けれど彼らがリザとの縁談を口にしたことでこの件は国王に裁可を仰《あお》ぐ必要が出てくる。

アニアは頭の中で考えを巡《めぐ》らせた。慌てふためいては相手の思うつぼだ。

「ではすぐに王宮に早馬を出しましょう。陛下との謁見が叶《かな》うかどうかはわたしにはお約束いたしかねますが」

「おや、あなたは国王陛下に直接書状を送ることができる立場なのですか」

大げさに驚いた顔をする。いくらか小馬鹿にした挑発するような口調にもとれるけれど、アニアは何とか余裕をみせるように笑みを返した。

「立場など必要ありませんわ。陛下はいかなる臣《しん》の言葉にも耳を傾けてくださいますから」

そちらの国では違うのですか？　という軽い皮肉を込めておいた。少し眉がぴくりと動いたあたり、アニアのささやかな反撃は成功したようだった。

「いや……口が過ぎたようだ。失礼した」

赤髪の男はそうは言ったが、きちんと謝る態度には見えなかった。

……小娘には謝りたくないということ？　それともグリアンの人は目下に対してこういう態度が普通なのかしら？

そんなことより気になるのは、長く国交がなかったはずなのに彼らが最近のオルタンシアの出来事を知っていることだ。

この春、リザの婚約が取り消されたのを知らなければ特使など寄越さない。

でも、この人たちはわたしがリザ様にお仕えしていたことは知らないのね。知っていたらもっとつけいるような言い方をするはず。相手の情報は欲しいはずだし。

クシー家はかつて宰相も務めてきた家柄だ。その頃は他の地方領主より中央に近かったが、アニアの父の代でしばらく無官の時期がある。だから中央との繋《つな》がりが切れたままと思ったのだろう。それでさっきの言動になったのかもしれない。

「構いませんわ。お疲れのところあれこれお話ししていただいているのですもの」

アニアはにこやかに応じつつも、相手のことを如才《じょさい》なく観察した。

……この縁談はオルタンシアには利益がなさそうな気がする。けれどそんなダメ元で海を渡ってわざわざやってくるかしら。お金もかかるし、何より航海は決して安全ではないのに。他に何か目的があるのかもしれないわ。

もし縁談が成立するとしたら、戦争がらみだ。

アニアが王都を離れるとき、東に国境を接するアルディリアとガルデーニャの戦争が始まったと王宮で話題になっていた。

だから今西の国と敵対するのは避けたいはず。けれど異端の国と手を結ぶことは教会を敵に回すことになる。そうなるとやはり不利益の方が大きそうな気がする。

おそらく陛下にはお手紙は読んでいただけても、お会いになっていただけるかどうかは微妙だわ。そんな立場でここまで堂々としてるってすごい人かもしれない。

わたしだったらこんな交渉《こうしょう》怖くてきっとできない。相手が何を考えているのだろうとかぐるぐる空回りしてしまいそうだ。

ローダム家というのはどういう家柄なのかしら。きっとウイリアム王から信頼されているのね。

ずいぶんと場慣れしている感があって、よほど外交に慣れているのか……と思ったところでふと気づいた。

グリアンってほぼどこの国からも外交を断たれているから、外交に慣れている人なんていないはずだわ。じゃあこの人の態度って最初からこんなに偉《えら》そうってことかしら。

何か見落としている気がしてアニアはもう一度相手に目を向けた。

「ああ、そうでした。ご希望があれば船の方には水と食料を補給させますが、混乱を防ぐためにもあなた方以外には上陸を認めることはできません。万一他の港に勝手に移動なさった場合、安全を保証しかねます。それでよろしいでしょうか？」

グリアンとこの国には国交がない。彼らの事情を知っているこのイロンデル周辺ならまだしも、他の港にあの軍船で向かえば攻めてきたと誤解されかねないのだと念を押しておく必要がある。

「補給はありがたい。勝手に移動しないように私からよく伝えておきましょう」

「それでは、今日のところは宿を用意しましたので、そちらでお休みいただけますか？　明日にでも王都に出発できるようにいたします」

早馬に託《たく》す手紙の返事を待っているわけにはいかない。移動は早い方がいい。グリアンの船がこの港に入ったことはすぐに噂になる。教会が聞きつけてくればこの特使のことも伝わってしまうだろう。

アニアの言葉に相手は濃青色の目を瞠《みは》った。

「……明日、ですか」

「はい。当家のような田舎貴族の馬車ではご不満もあるかもしれませんけれど、急いだ方がよろしいでしょうし」

「……わかりました」

エルドレッドと名乗った男はあっさりと頷いた。

アニアはひとまず彼らを宿に案内して、すぐに行動を開始した。内心では大慌てでこの先の段取りを頭の中で計算していた。

まずは王都への報告の手紙。それから念のために近隣の駐留海軍にも連絡しておく必要があるだろう。軍に顔が効く伯父のバルト子爵に依頼すればなんとかなるはずだ。

それから馬車の手配、警備と……あとは。

やっぱり王都まで自分が彼らに同行するしかない。

大変なことになったわ。粗相のないようにできるかしら。

アニアは領主になって間もない上に外交の経験などまったくない。

それでもおそらくグリアン側が今この話を持ってきたのは偶然ではないことくらいはわかっている。目的が本当にリザと国王との縁談だけなのか、という疑問もある。

アニアは直ちに書状をしたためた。頭の中で文章を組み立てていたせいか、思ったより手も震えなかったし、落ち着いた文面になった。

王都に向かわせる早馬は念のために従兄のティムと面識のある元家令のヤニックに託すことにした。彼はイロンデルの港湾管理官だから状況説明もできるだろうし、何かあってもティムが取り持ってくれるだろう。

これで正しいのかどうか不安ではあったけれど、アニアはそうしてグリアンの使者三人を連れて王都に戻ることになったのだ。

「ところで、あなたは我々の言葉を話せるようですが、何故《なぜ》ですか？」

突然エルドレッドの質問の矛先《ほこさき》がアニア自身に向いてきた。

「元々異国について興味がありましたので、言葉を学んでいたのです」

アニアがグリアンの言葉に興味を持ったのは、荷物に貼られていた外国語のラベルを見て読み方を教わったのが最初だった。

クシー領はグリアンとの繋がりがあったためか、今でも言葉を話せる者がいる。屋敷の使用人にもグリアン語が堪能な者がいたくらいに。

アニアが関心を抱《いだ》いていると知って当時の家令が教師を手配してくれたので、アニアはグリアン語を不自由なく話すことができる。

「なるほど……。この国はあなたのように魅力的で教養のあるご婦人ばかりなのですか？」

「ありがとうございます。けれど、わたしよりも遥かに魅力も教養もある方は沢山いらっしゃいますわ。それに口がお上手《じょうず》な殿方も」

アニアがさらりとお世辞をうけながすと、相手は目を丸くした。

「手強《てごわ》いな。だが、世辞のつもりではありませんよ。あなたのような方は今まで私のまわりにはいなかったので。何かにつけて媚《こ》びたり甘えかかってくる女性が多いのです」

何だかリシャール殿下のようだわ。

リシャール王太子は、どうにかして次期国王の目に留まってあわよくば愛妾《あいしょう》にと押し寄せてくるご婦人たちに辟易《へきえき》していた。

けれど、この人はもしかして自分がモテるって自慢してるのかしら？

周りにいる女性がことごとく媚びてくるというのは相当狙われている証拠だ。自分は将来有望で地位も財力もそれなりにあると言っているように聞こえてしまう。

逆に言えばそれをほのめかしたらわたしが媚びると思っているのかしら？　わたしから情報を得ようと気を引いているのかもしれない。

アニアは大げさに驚いたように声を大きくした。

「まあ、それは大変ですわね。媚びていても女性は狩りをする狼《おおかみ》の目をしているものですから。お気をつけた方がよろしいですわ」

「狼……」

アニアの言葉に男は小さく吹き出した。

「いや、失礼。……あなたといいクシー領の方々は我々が異教徒でも態度が変わらなくて安心して口が緩んでしまった。もっと冷たい目で見られる覚悟もしてきたのですが」

「そのことについては、正直なところを申し上げてよろしいでしょうか？」

アニアはそう前置きしてから説明した。

クシー領を始めとする西部の民は元々西方の国々と繋がりがあるので、異教徒だからといってすぐさま態度を変えるほどの強い偏見《へんけん》を持つ者は少ない。ただ、教会の教えには従っているので積極的に擁護《ようご》するほどのことはないくらいだろう。

けれど他の地方の者や破門された経緯を知らない若い世代は、グリアン人を悪魔に誘惑されて教会を裏切った者たちだと思い込んでいる。下手《へた》をすれば彼らを捕らえて傷つけようとしてくるかもしれないのだと。

「ですから、むしろ当家の所領が例外だと思っていただいたほうがよろしいですわ。まだ油断はなさらないでいただけますか？」

アニアが視察を早急に切り上げて彼らに同行することにしたのもそれが理由だった。彼らだけで王都に向かわせたら何があるかわからない。

グリアン人とオルタンシア人は外見には大きな差異はない。念のために彼らの衣服もイロンデルで見繕《みつくろ》った違和感のないものに変えてもらった。だから見た目でグリアン人だと知れることはないだろう。それでも。

「なるほど。色々配慮してくださっていたのですね。やはりあなたは好ましい方です。ぜひ我が国に連れて帰りたいくらいだ」

エルドレッドはそう言ってアニアの顔を興味津々《しんしん》に見つめてきた。

さすがにその言葉には従者が咎《とが》めるような眼差《まなざ》しを向けた。こんなところで女性を口説《くど》いている場合ではないと言いたげだ。アニアとしても全く同感だ。

自分の任務がわかっていらっしゃるのかしら、この人。そもそも、わたしのこと伯爵夫人だと思っているはずなのに。まあ結婚していてもそうした火遊びをする人はいるけれど。

おそらく冗談だろうとアニアは受け流すことに決めた。

「お国ではあなた様を大勢のご婦人方がお待ちなのでしょう？　その方々に申し訳ありませんわ」

エルドレッドは今度こそ声を上げて大笑いした。その表情を見てアニアは奇妙な感覚に襲われる。

またたわ。

彼によく似た面差《おもざ》しの男性が、何か叫んでいる光景が浮かんできた。何を言っているのかはわからないけれど。どうやら手を大きく振って別れを惜しんでいるような気がした。

相手の纏《まと》っている衣服はオルタンシア風のものではない。むしろエルドレッドが元々身につけていたものと似通っていた。

これはアニアの記憶ではない。アニアはグリアン人と会ったのはこれが初めてなのだから。

……それならこれは、またお祖父《じい》様の？


王都近くまでたどり着いたころ、前方から騎馬兵を従えた立派な馬車がこちらに向かってきた。掲げている紋章が見えて、アニアはすぐに馬車を止めさせた。

馬車から飛び降りるような勢いで現れた人物は、陽気に大きく手を振りながら軽やかに走ってきた。美しい金髪に縁取られた整った白皙《はくせき》に輝くような満面の笑みを浮かべている。

「やあ、わが愛《いと》しのアニア。元気だったかい？」

「ジョルジュ様。あいかわらずお元気そうでなによりですわ」

彼の名はメルキュール公爵ジョルジュ。王太子リシャールの双子の弟だが外見も中身も兄とは真逆な印象を与える。

これほど豪奢《ごうしゃ》で派手な衣服さえも似合う華《はな》やかな美男子でいらっしゃるのに、黙っていれば……という但《ただ》し書きがつくのよね。この方の場合。

「待ちきれなくて迎えにきちゃったよ。君のその青玉《サフィール》のような魅惑的に輝く瞳が見たくてね」

ジョルジュは軽薄な口調でそう言いながら、さりげなく手を取るそぶりでアニアに顔を近づけて早口で囁いてきた。

「君の判断は公正で的確だった。……大変だったね」

アニアは正直ほっとした。さすがに一国の特使を案内してくるのはなかなかの重圧だった。彼らの扱いにしても正しかったのか自信がなかった。そう言ってもらえて少し安心した。

「ありがとうございます」

ジョルジュはそこで金褐色の瞳に悪戯っぽい表情を浮かべる。

「ただね、今の王宮にはグリアン語を話せる人が少なすぎて、彼らの王都滞在中のお世話を君と一緒にすることになったからね。引き続きよ・ろ・し・く」

「……え？」

これで終わりじゃないの？　王宮に着いたらしかるべき立場の人が引き継いでくれると思っていたのに。

自分は一介の文書管理官でしかない。そんな外交の大役など務まるんだろうか。

アニアの動揺に気づいてか、ジョルジュはふわふわとした笑みで応じた。

「心配ないよ。僕もいるんだしー。それにリザの面倒はマルク伯爵が引き受けてくれるから大丈夫だよ。彼ならリザがなんかやらかしても対処できるよ」

「そう……ですか。たしかに安心ですね」

アニアの従兄に当たるマルク伯爵ティモティは王太子の側近を務めていたはずだ。ティムがリザ様付きになっているというの？　今の、軍を動かすかどうかの大事な局面で王太子殿下が側近を手放したりなさるのかしら。

アニアは口元を引き結んだ。その意味がわかったのだ。

グリアンの特使たちが王宮に来ることが原因だ。

今回の縁談が表沙汰になれば教会は異端の国とオルタンシア王家が結びつくことを警戒するはずだ。もしかしたらリザに対して何か妨害策《ぼうがいさく》に出るかもしれない。

だから確実に信用できる人間をリザの警護に回す必要がある。アニアと同じようにグリアンに偏見の薄いティムがこの場合適任だったのかもしれない。

「では、まずは特使殿とお話ししようか」

ジョルジュはにこりと笑うとアニアの馬車の方に足を向けた。

彼にとってもリザは血の繋がった妹で、その縁談の相手が異教徒となれば平穏な気持ちではいられないのではないだろうか。

けれど、こんな時でもいつもと態度が変わらない彼もまた、王家の一員なのだとアニアは思った。

ジョルジュの身分を聞いて、グリアン側も驚いたようだった。さすがにいきなり王族が現れ

ると は思わなかったのだろう。

にこやかにそつの無い挨拶《あいさつ》をしていたジョルジュだったが、馬車から戻ってきた時複雑そうな表情でアニアに囁いた。

「君、架空のお話を作るだけじゃなくて、とうとう架空の夫をでっちあげたのかい？　リシャールが腰抜かすよ？」

「違います。あちらが勘違いしただけです。それに、殿下はそのようなことはなさいませんわ」

どうやら彼らがアニアのことを伯爵夫人だと誤解していることに気づいたらしい。だからと言って、リシャールがそんなことで腰を抜かすとは思えなかった。

アニアの答えに、ジョルジュは面白がるように笑みを浮かべる。

あ、これは言い触らそうと企《たくら》んでいらっしゃるお顔だわ……。まあ、別に勝手に勘違いされただけだからいいんだけど……。

どうにも騒動を楽しむようなところがあるジョルジュがグリアンの特使の応対をするというのも波乱の前触れのように思えて、アニアは少し気持ちが落ち着かないでいた。

2

「……だからこちらに運ぶだけで良いと言ったのだ。棚に戻すのは自分でできるのだから」

薄暗い書庫の中で持ち出していた書物を片付けながらリザはそう呟いた。

今日も幸い女官長は休みだった。昨日はグリアンからの特使の件で慌ただしくなったために本の片付けができなかった。女官長の復帰までにはしておかなければ後が面倒だ。

そんなわけでリザは朝から書庫で作業をしている。

といってもリザは指示しているだけで実際働いているのは侍女とティムの連れてきた部下たちだ。彼らが書架の配置に不慣れなせいで思ったよりも時間がかかっていた。

……よっぽど自分一人でやった方が早い。

隣に立っているティムはリザの不満に気づいてか困ったように苦笑している。

「王女殿下にそんなことをさせたと知れたら叱《しか》られるのは彼女たちですよ」

「まあ、侍女の仕事を奪うわけにいかぬのはわかるが、そなたの部下たちは巻き込まなくても良かったのではないか？」

「それはそうですが、彼らは殿下のことをあまり存知上げていませんから、こうしたことをさせておいたほうがよいかと。しばらくは殿下の周りの警護に加わる予定ですし」

どうやらティムと彼の部下たちはリザの警護に正式に加わることになったらしい。

だが、最初の仕事が書庫の整理だとは彼らも思わなかっただろう。

「そういえば、そなたは左遷《させん》されるようなことでもしでかしたのか？」

リザがずっと気になっていたことを口にすると、ティムは目を見開いて驚いた顔をする。

「え？　左遷って何ですか？　これでも真面目《まじめ》に働いているつもりですが」

「とぼけるな。私の警備が増やされることはまあよしとしよう。だが、そなたが兄上から私の側付きへ異動など、明らかに左遷だろう。あり得ないほどの左遷だ。ちと怒った方がよいのではないか？」

いくらなんでもティムが便利に使い回されすぎているようでリザは気に入らなかった。

事情は理解するが、父上といい兄上といいお気に入りの部下をそんなに軽くあちこちにやるだろうか。自分ならそんなことはしない。

ティムはリザの言葉にふわりと微笑《ほほえ》んだ。

「せっかくのお言葉ですが、これは左遷ではありません」

彼は普段から穏やかでリザは怒った顔を見たことがない。それが時々胡散臭《うさんくさ》くも思えるが、従妹《いとこ》のアニアの話では本人に悪意はないのだという。

「実は毎年転属希望を出しておりました。私では王太子殿下のお側仕《づか》えなど身に余ると思っていましたので」

彼はバルト子爵の次男だ。家督《かとく》を継ぐ必要は無かったので王宮仕えを始めたと聞いていた。元々彼は学業も剣術もひときわ優秀だと噂《うわさ》になっていたらしい。それが国王の耳に入ってリシャールの側近に選ばれた。すなわちリシャールの即位後の補佐としても期待されているということだ。

こやつが駄目ならリシャール兄上の側近ができる者などいないのではないか？

リザは呆《あき》れつつも問いかけてみた。

「そんなにリシャール兄上のお側は嫌なのか？」

「いいえ、好き嫌いの話ではなく、元々王宮仕えよりも国軍入りを志望していましたので」

彼は元々軍人志望だったらしい。けれど、普通なら王太子付きの方が報酬《ほうしゅう》も待遇《たいぐう》もいいのだからわざわざ転属を願い出たりはしないはずだ。

「ただの軍人になりたいのか。贅沢《ぜいたく》な悩みだな。だが、私は兄上よりも軍よりも人使いが荒いから覚悟をしておくのだな」

リザはそう言って数冊の本を手に取った。ティムがそれを見て声を上げる。

「殿下手ずからなさらなくても、我々がやりますから」

「何を言うか。私を自分のやったことの後始末もできぬような不甲斐《ふがい》ない人間にしたいのか。

全員でさっさと終わらせてお茶にするぞ」

確かに普通の貴婦人は自分で片付けなどしないし、ほとんどのことは侍女任せだ。けれどリザはこの書庫の中の本の配置は誰よりも詳《くわ》しく記憶している。今回は量が多かっただけで、本来なら自分で持ち出した本を片付けるなど造作もないのだ。

アニアが考案した方法で本のあった場所には印をつけてあるのだから、間違えるはずもない。

『本を抜いたときに、代わりにこの板を挟《はさ》んでおくとしまう場所を間違えないのではないでしょうか。薄暗くても見えるように明るい色を塗《ぬ》っておきました』

そう言って彼女が用意していた薄い板を、本を抜き出した場所に差し込んである。なのに侍女たちは該当《がいとう》の書架にたどり着くことさえできずにうろうろと歩き回る始末だ。

アニアがいればこのような面倒臭《くさ》いことにはならないのだがな。

いつもくるくると忙しく働いている濃褐色《ブルネット》の髪をした本好きの友人のことを思い出して、リザは複雑な気持ちになった。

異国に嫁《とつ》いだらもうアニアと本の話をすることもできないのだろうな。

自分と同じくらいに本好きで、しかも自分で物語を著《しる》す才覚を持つ希有《けう》な友人に恵まれたのは幸運だとリザは思っていた。彼女の機転と聡明《そうめい》さに心を惹《ひ》かれて、ずっと一緒にいたいと思ってしまった。

……そんなことは許されない。それは罪《つみ》だ。自分が王女である限り。

今までは縁談が来ても、いずれは異国に嫁ぐのだと覚悟をしてきたせいか気持ちが揺れることはなかった。自分はたった一人の王女なのだから国益になるのならどこにでも嫁ぐつもりだった。

その気持ちが変わっているのに気づいたのは、アルディリアの王子との婚約が解消された後だった。

これでまだこの国にいられる、と思った。

わずかな時間が出来ただけだとはわかっていたが、その時自分はほんの少し浮かれたのだ。けれどもうそろそろこの気持ちは封じなくてはならない。グリアンとの縁談が成立しなくてもいずれ嫁ぐ日はやってくる。

今の甘やかで楽しい時間は、自分に与えられたささやかな猶予《ゆうよ》なのだから。

ふと、近くの書架で片付けをしている侍女たちの話し声が聞こえてきた。

「マルク伯爵様ってお優しくて素敵な方ね。決まった方はいらっしゃらないのかしら」

「縁談はすべて断っていらっしゃるそうよ。王太子殿下に気を遣《つか》っていらっしゃるのね」

「狙《ねら》ってるご婦人も多いんでしょうね……。領地持ちだし見目だって悪い方ではありませんし
……」

「噂では意中の方がいらっしゃるらしいわ」

「そうなの？　やっぱり素敵な方にはお相手がいらっしゃるのね」

そうか、ティムは侍女にも人気があるのだな。

リザはそう納得して書架に目を戻した。

王宮で働いている者は良家の子女が多い。王族の側仕えともなれば貴族の出ということも珍しくはない。中にはあわよくば結婚相手を見つけたいと思っている者もいるだろう。

リザの知る若い貴族の子弟の中でもティムは性格も穏やかだし、王太子にも気に入られている点でも将来有望だろう。

その割に浮《うわ》ついた噂を全く聞かないとは思っていたが、意中の相手がいるとは知らなかった。

二十五歳にもなるのだから、いても不思議ではない。だがそんな相手がいるのならあれほどまでに従妹に構ったりはしないような気もする。ティムのアニアへの過保護ぶりはリザから見ても度が過ぎているように見えた。

表沙汰《おもてざた》にしないのは、主人であるリシャールの結婚が決まっていないからだろうか。

まあ、訊《たず》ねたところで正直に話してくれはしないだろう。

一見真面目で人当たりが良さそうだが、肝心《かんじん》なことはうまくはぐらかすくらいのことはできる男だ。アニアにでもそれとなく聞いてみるか。

「殿下。そちらは終わりましたか？」

物思いにふけりながら作業をしていたら、ティムが心配げに声をかけてきた。

「ああ。これで終わるところだ。皆でやったらあっという間に終わったではないか。これで女官長が戻ってきても小言をもらわずにすむ。皆に労《ねぎら》いを言わねばな」

「……そうですね」

ティムは穏やかに頷いた。ふと、そのわずかな間にリザは違和感をおぼえた。

確証があるわけではない。けれどどこか歯切れが悪い様子が疑念を呼ぶ。思わず相手の顔をじっと見上げて観察してしまった。

「何か……？　それでしたら一番奥の二段目あたりですよ」

リザの手が止まったのを本を戻す場所がわからなくて困っていると思ったのか、ティムがやんわりと告げてきた。

「……ああ、そうであったな」

リザは最後の一冊を書架に戻して大きく息を吐いた。

考えすぎだろうか。それならばいいのだが。どうもこの頃何か引っかかることが多い。

隠しごとをされるのは好きではない。しかも自分に関わることならなおさら。

問いかけてみるか、とティムに顔を向けた瞬間。突然静かな書庫の隅々《すみずみ》まで届きそうな朗らかな声が聞こえてきた。

「たっだいまー。リザ。お片付け頑張ってる？」

「……もう少し静かに帰ってきていただければありがたいのですが」

いつでも場の空気を粉々に破壊する人物の登場だ。ものすごく心臓に悪い。

リザは額に手を押し当てて気持ちを落ち着かせようとした。

リザの次兄に当たるメルキュール公爵ジョルジュ。いつも陽気で騒がしい人物だ。この人が先月ラウルス公国への遊学を終えて帰国してから王宮が一気に賑《にぎ》やかになった。

グリアンの特使を迎えるために昨日から出かけていたはずだ。

「お帰りになったということは……アニアも戻ってきたのですか？」

「そうだよ。彼女は一旦《いったん》本邸に戻ってる。当分王宮に詰めることになるからその支度《したく》があるだろうし。必ずのちほどご挨拶《あいさつ》に伺《うかが》います、って言ってたからそのうちリザのところにも来るよ」

「……何かあったのですか？」

「グリアンの特使のお世話係になったんだよ。アニアと僕で。彼女がグリアン語を話せるのには驚いたよ」

元々クシー領を始めとする西部の町ではグリアンとの貿易が盛んだった。今は国交がないこともあって個人的にいくつかの商会がこっそりと取引をしている程度のはずだ。

そんな状況でアニアがグリアン語を学んでいるというのは意外だった。

なにやら作為的にさえ思える。また彼女の祖父が絡んでいるのだろうか。彼女は自分に必要となる知識を何かに導かれるように確実に手にしている。今回もそれかもしれない。

「父上いわく、彼女は変わった視点の持ち主だからグリアン側の本音を探れるかもしれないってさ。まあ、確かに見ていて面白《おもしろ》いよねえ、彼女」

「兄上にはあげませんからね」

「わかってるわかってる。僕はとっくにフラれてるからね」

ジョルジュはへらへらと笑う。

ジョルジュは以前アニアに求婚したことがある。結局きっぱり断られたが、その後もアニアにちょっかいを出しているんだろうか。

「ならいいのですが。ではアニアは当分忙しいのでしょうね」

仕事なら仕方ないが、しばらくはゆっくりと話もできないかもしれない。

少し気持ちが沈《しず》んだところへ、ジョルジュが得意げに筒状に巻いた紙の束《たば》を取りだした。

「これは彼女から。リザに渡しておいて欲しいって」

「アニアから？」

それを見て思わず声がうわずりそうになった。

おそらく小説の新作だろう。彼女が書いたものは一番にリザに読ませてくれる約束になっている。

「いい友達がいてリザは幸せ者だね。それじゃまた来るよ」

ジョルジュはそう言うと、その場にいた侍女たちにも愛想を一通り振りまいて去って行った。

「こちらに来られない詫《わ》びのつもりだろうか。気を遣わせてしまったな」

丁寧な文字で清書されたそれを見て、リザは呟いた。

領地の視察に行った移動中に書いたものだろう。多忙なはずなのにこうして定期的に新作を書いて届けてくれる。

決してあなたのことを忘れてはいません、と伝えてくれる。それが嬉しかった。

「アニアは殿下がいつも丁寧な感想を下さると感謝していますよ。本も片付いたことですし、そろそろお部屋に戻って休憩《きゅうけい》されてはいかがですか?」

ティムがそっと話しかけて来た。ティムの背後にいる侍女たちも安堵《あんど》したように微笑んでいた。

「そうだな。お茶にしよう。ティム。そなたも付きあえ。それと、これはリシャール兄上には内緒だぞ。そなたは今は私の護衛なのだからな、裏切るのではないぞ?」

リザは手にした紙の束を見せて念を押した。

実はリシャールも彼女の小説の新作を待ち構えている熱心な読者の一人だ。リザがすでに手にしていると知ったら本気で悔《くや》しがるだろう。その優越感に浸《ひた》りながらリザは微笑んだ。

「かしこまりました。殿下には内緒にいたします」

ティムは目を伏せて深く一礼した。表情が少し和《やわ》らいで見えるのは、従妹が無事王都に到着したことを聞いたからだろうか。

グリアンの特使が何を言ってくるのかは、また改めて知らせてくれるだろう。おそらくは教会が介入《かいにゅう》してくるはずだから、縁談を受けるかどうかは簡単には決まらない。仮に決まっても輿入《こしい》れはまだまだ先のことになるはずだ。

あとどのくらい、自由な時間が残されているのだろう。

……自分の結婚なのに、どこか他人事《ひとごと》のようだな。

リザは口元に苦い笑みを浮かべてゆっくりと歩き出した。

＊　＊　＊

アニアが王都のクシー伯爵家本邸に戻ると、家令のイーヴが出迎えてくれた。

「イーヴ。ヤニックの具合はどう？　無理をさせてしまったわね」

グリアンの特使の件ではイーヴの父でイロンデル視察に同行していたヤニックに早馬の使者を頼んだ。彼のおかげで王宮に無事連絡が届いて、受け入れ体制を整えてもらえたので一安心した。

けれど、忠実なヤニックは無茶な行程で王都を目指してしまったらしく、書状を届けたあとで気を失ったという。

ティムが本邸まで送り届けてくれたと聞いたのでアニアは様子を見るために戻ってきた。

イーヴは大きく首を横に振った。

「父なら大丈夫です。お館様に頼りにしていただいたからと、年甲斐《としがい》もなく張り切って飲まず食わずで馬を走らせたそうで。マルク伯爵様が医師の手配までしてくださって、今は部屋で休ませています」

「飲まず食わずって……もう。無理させるつもりじゃなかったのに。でも、大事がなくてよかったわ」

「もったいないお言葉です。ですが、あれは父の自業自得です。ご心配いただく必要はありません。調子に乗りますのであまり褒《ほ》めないでくださいね」

イーヴはそう言うと肩をすくめた。

「あら、それは酷《ひど》いわ。もっといたわってあげないとだめよ。ヤニックにはわたしの父の借金で今まで沢山苦労をさせてしまっているのだから。本当ならうんと楽をさせてあげたいくらいよ」

祖父の代から仕えているヤニックは幼い頃からアニアを可愛《かわい》がってくれていた。だから、アニアの今の目標は両親が作った借金を返済して、ヤニックたちの給金を倍増することだ。それまではヤニックには元気でいてもらいたい。

「それで、ヤニックが話せる状態なら聞きたいことがあるのだけれど、大丈夫かしら?」

「大丈夫です。暇《ひま》だから働かせろと騒ぐ程度には元気ですので、すぐに呼んでまいります」

イーヴはそう言うとすぐにヤニックを連れて戻ってきた。

彼は以前この王都本邸の家令をしていたが、アニアの両親の浪費に悩まされていた。そのせいかまだ五十を少し過ぎたくらいの年齢なのにひょろりと痩《や》せていて老けて見える。

「お帰りなさいませ、お嬢様。ご無事でよろしゅうございました」

「ヤニックこそ、無事で本当によかったわ」

前置きもそこそこにアニアはグリアンの特使たちの案内係になったことを彼らにも説明した。しばらくは王宮に詰めることになるので、グリアンのことを知っておきたい。何か祖父の記録が残っていないか確かめたいのだと。

「エドゥアール様は若い頃にグリアンに留学なさっていました。ご友人も大勢いらしたとよく話していらっしゃいました。そのご縁もあってかエドゥアール様の代ではグリアンとの交流が盛んでした。当時の忘備録がのこっておりますのでお持ちします」

祖父が若い頃はまだグリアンとの国交があったのだから、留学もできたのだろう。

先々代のクシー伯爵家当主で元宰相《さいしょう》だったアニアの祖父エドゥアール。アニアとよく似ていたらしくどこに行ってもそう言われるが、アニアが生まれる前に亡くなったので面識はない。

「先代の国王陛下の使いで何度かご訪問もなさっていたそうです。最後のご訪問は教会の件の直後だったでしょうか」

「直後？」

「ええ。かの国が破門されたことで、オルタンシアとの国交断絶を伝えるためでした。ずいぶん気落ちなさったご様子でした。友人に二度と会えなくなった、と」

アニアはそれを聞いて胸の奥が小さく痛んだ。

……もしリザ様があの国に嫁いだら。

教会に破門されたからといって突然バケモノに変化《へんげ》するわけでもないし、ツノや尻尾が生えてくるわけでもない。グリアンは異端の悪魔が住まう国だと教会で言われていても、実際彼らを目の前にしたら普通に同じ人間にしか見えない。

信じていることが違う。それを偉《えら》い人たちが認め合うことができないだけなのに。お祖父《じい》様はお友達と別れなくてはならなかった。

人の繋《つな》がりは何かをきっかけに簡単に途絶えてしまうものなのかしら。だけど、それでは悲しすぎるわ。

「大事なお友達だったのでしょうね。教会の件がなければずっと仲良くできたはずなのに……こんなことを考えていたら怒られてしまうかしら。グリアンの船のこともいずれ何か教会から言われそうね」

教会の教え通りならアニアはあのグリアン船を追い返すべきだった。国王もまた信徒の一人でしかないのだから、政治的思惑《おもわく》などより教えが優先されるべきだから。

「お嬢様は教会の教えに逆らったわけではありません。偶然迷い込んだ異国の船を助けただけですから。心配ならば念のために教会への寄付を増やしておきましょう」

「そうね。でも少しだけの増額でいいわ。多すぎたら逆に変に思われそうだもの」

「……かしこまりました。びっくりさせない程度ですね」

「それじゃ、わたしは王宮に戻るから。ヤニックは領地に戻るのはちゃんと体調が戻ってからにしてね」

それだけ言い渡すとアニアは身支度にとりかかる。

……グリアンは遠い国だわ。海の向こうだし。せめて陸続きの国ならこっそり会いに行けそうな気がするから、リザ様の嫁ぎ先がそうであればいいのに。

祖父が友人との別離を嘆《なげ》いていたという話にアニアはすっかり同情してしまっていた。いずれ自分にもその日がくるかもしれないと考えて。

リザがどこに嫁ぐとしても、今までのように会うことは叶《かな》わなくなる。それはわかっていた。今のアニアはクシー伯爵家の当主としての役割がある。嫁ぎ先までついていくことはできない。

ジョルジュに聞いた情報ではグリアン王ウイリアムは今年二十七歳、即位したのは十年前。今まで五人の妃《きさき》を迎えたが、いずれも二年も経《た》たないうちに次々に亡くなっている。最初の結婚は即位の一年前で、五人目の妃が亡くなったのはわずか二ヵ月前。

そして六人目の妃にリザをと望んでいる。

お気の毒だとは思うけれど、喪《も》に服するよりもすぐに次の妃を迎えようとするのは急ぎすぎではないかしら。それでは五人目のお妃様をぞんざいに扱《あつか》っているようで、リザ様のことも大事にしてくださるのかしらと疑いたくなってしまう。

ただ、向こうはリザと隣国の王子との婚約破棄《はき》を知って今が好機だと考えたのかもしれない。

大国オルタンシアの王女を迎えられれば国交を持てるかもしれないと。

だけど、万一リザ様が嫁いで六人目の呪《のろ》われた王妃として早逝《そうせい》するようなことになったら、わたしはグリアンの特使たちを追い返さなかったことを一生後悔するわ。

リザ様には幸せになっていただきたい。不自由なお立場だとわかっているからこそ、少しでも楽しく過ごして欲しい。

「……だったら、不安になっているだけではダメだわ。遠くて知らない国だというのなら、知ればいいのよ。どんな国なのか、あの人たちが何を考えているのか」

国王陛下が決断することだとはわかっている。だけど、その時の判断材料は多いほうがいいはずだ。だから今、自分が彼らの側にいられるのは好機だ。

人間観察は得意だわ。小説のネタ探しのつもりでやればいいのだもの。

リザ様のために。少しでも先の不安を取り除くために。

自分にできることはそれしかない。アニアはそう決意して本邸を後にした。


グリアン特使一行の滞在先は王宮の外れにある小離宮だった。レヴリー離宮と呼ばれている、先代国王が愛人と逢瀬《おうせ》を楽しむために造らせた優美でいくらか装飾過多の建物だ。

アニアが到着した時には、ジョルジュが華《はな》やかな調度品に囲まれて優雅にお茶を飲んでいた。

「まあ座って。ほとんど片付いたから、君も休憩《きゅうけい》するといい」

グリアンの特使たちはしばらく離宮内を見回って警備体制などを確かめていたが、今は部屋に落ち着いているという。

「謁見《えっけん》は明日の昼前になる。国交のない相手だからあくまで非公式。返答は極力引き延ばすことになりそうだ。だから僕たちの仕事は彼らのご機嫌取りね」

「引き延ばす……ですか」

ジョルジュは砂糖菓子の入った皿をアニアの前に差し出してきた。

「父上のお考えだからね。彼らの滞在中の行動範囲はとりあえずこの離宮内。君は通訳と案内係。彼らは君のことを信用しているようだし」

「そうなんですか？」

最初はかなり小馬鹿にしたような態度だったので、アニアは彼らに信用されているとはとても思えなかった。

「ローダム卿《きょう》は君に興味津々《しんしん》のようだから、口説《くど》かれないように気をつけてね」

「それに近いことは言われました。お断りしましたけど」

「うわー。それ聞かなかったことにしよう。怖い怖い」

ジョルジュは大げさに耳を手で塞《ふさ》いで首を横に振る。

「怖い……ですか？」

何が怖いのかわからない。そもそもジョルジュだってアニアに求婚してきたことがあるというのに。

「とにかく、君は彼らの様子に気を配っておいてほしい。誰かと接触するようなことがないか、そして誰かに危害を加えられるようなことはないか。報告だけでいい。正体を確かめようとかしないでね。あと、迫《せま》られそうになったら必ず言って。すぐ言って。君に何かあったら僕がリザやマルク伯爵にぶっ殺されるからホントに。リシャールにも殴《なぐ》られるかも。この美貌《びぼう》がボコボコになるのは世界的損失だからね？　だからよろしくね？」

そう言いながら大きく身震いする。アニアは吹き出しそうになるのを何とか堪《こら》えた。

「かしこまりました。ジョルジュ様のお顔のためにも努力します」

ジョルジュはそれを聞いて少し気を取り直したようだった。

今なら少しお話を聞いていただけるかしら。

「……あの、ジョルジュ様。一つだけ、よろしいでしょうか」

アニアは気になっていたことを問いかけてみることにした。

「ローダム卿のことをどのようにお考えですか？」

「あ。君も気になってた？　そもそも彼が特使って変だよね？」

ジョルジュは顎《あご》に手を宛《あ》てた。

「変？」

「ロークム家は五人目の王妃の実家だからね、喪も明けてないのに次の妃を迎える特使に選ばれるって変なんだよ」

「……え？　そうなんですか？」

「あれ？　知らなかったの？」

ジョルジュが目を丸くする。

王妃の実家と同じ姓、ということは二ヵ月前に亡くなった王妃とあの特使とは縁続きということ？　そんな人を次の縁談の特使に命じるなんて酷すぎないだろうか。

でも、それだとますますおかしい。

エルドレッドは喪に服しているような様子には見えなかった。物見遊山《ゆさん》のように楽しげにあれこれ質問してきた。それは事情を知らないこちらに気を遣ってのことかもしれない。それでも本当に亡くなった王妃の縁者なら、積極的に務めを果たそうとするだろうか。自分の身内だった王妃が蔑《ないがし》ろにされていると思わないのだろうか。

それに、彼を見ていると何かが引っかかる。あの頭に浮かんだ光景のこともある。何か警告されているような気がした。

「じゃあ、何が気になってるの？」

「まだその理由がわからないのですけれど……なんとなく気になって」

こんなあやふやなことを口にしていいのかと迷いながらも正直にそう言うと、ジョルジュはあっさりと頷いた。

「なるほど。じゃあもう少し調べてみるよ」

「……いいのですか？　気のせいかもしれないのに……」

「陛下がおっしゃっていたよ。君の『なんとなく』は要注意だって。可愛い妹の縁談に疑惑があってはいけないからね。不安要素は取り除くよ」

ジョルジュは腕組みをして頷く。それからふとものついでのように問いかけてきた。

「ところでさ、君の従兄《いとこ》、マルク伯爵には恋人はいないのかな？」

「はい？」

ティム？　なんでここでティムのことが話になるの？

アニアはいきなりの話題転換に戸惑った。

「いないと思います。初恋の女性が忘れられないっていつも言ってますから……まだこじらせているのかもしれません」

「初恋？」

「口に出すと思い出が薄れそうだからと、詳《くわ》しいことは話してくれないのですが」

ティムの実家はバルト子爵家。優秀な軍人を多く輩出《はいしゅつ》している武門の旧家だ。彼は次男で家督《かとく》は継げないからと、独立するために武術や学問を身につけようと励《はげ》んでいた。

元々ティムが入りたかったのは国軍だったので、六年ほど前、王宮仕えが決まったときは本当に嫌そうだったのを覚えている。すぐに辞めてやると言っていた。

ところがしばらくしてアニアに会いに来た時のティムは、背も伸びて逞《たくま》しくなっていたのもあってすっかり人が変わったように見えた。

聞けば王宮に上がったその日、ある女性に出会ってひと目ぼれしたのだという。その人に会うために王宮で働くことにしたのだとか。

アニアが、どちらの家の方？　その人と結婚するの？　と問いかけると彼は首を横に振った。

『ううん。絶対無理。だけど、王宮にいればお会いする機会がある。それだけでいいんだ』

そのとき、アニアの脳裏によぎったのは、恋愛小説で覚えたばかりの『不倫』『危険な恋』という言葉だった。

以前のティムは優しいけれど少し頼りなさもあった。けれど、王宮仕えを始めてからは落ち着いてどんどん大人っぽくなった。

恋は人を変えるというけれど、本当なんだなとアニアは思った。

けれど、後で気づいた。貴族の子息でもティムのように家督を継がない立場では結婚相手を探すことは難しい。だから結婚できない相手というのが不倫とは限らない。よほど名門のご令嬢だったのかもしれない。

それ以来ティムは王宮で熱心に仕事に打ち込み、剣術においても右に出る者がいないと言われるまでに腕を磨《みが》いた。王太子殿下の右腕と呼ばれる立場にもなった。

今なら彼はマルク伯爵という地位にあるし、次期国王の側近として望まれてもいる。同じ年頃の青年貴族の中では出世頭《がしら》と言ってもいい。それなのに結婚をする気はないらしい。

本当にまだ、初恋の人のことを忘れられないのかしら。

「……相手の名前は知らないの？」

「そこまでは聞いていません。それにずいぶん前の話なのでもう諦《あきら》めたものと思っていました」

「そうか……。まあ、どこかに好きな女性がいるのなら問題ないか」

「どうかなさったのですか？」

「いや、リザがあいつのことを愛称で呼んでいて、悔《くや》しかったからちょっとばかり身辺調査をしたんだけど」

ジョルジュが珍しく真顔になっている。身辺調査って、一体何を調べたのか。

そもそもリザがティムを愛称で呼んでいるのは、アニアの影響だ。それでジョルジュに嫉妬《しっと》されるとは思わなかった。

「それは公私混同というのではありませんか？」

「可愛い妹を変な虫から守るのは兄の義務。つまり公務だよ。けどね、全然ホコリが出てこないんだよ。品行方正すぎて気持ち悪いくらい」

「……そもそもホコリが出るような人はまず王太子殿下から遠ざけられているのではありませんか？」

アニアは呆れてしまった。

ティムは身内のひいき目を差し引いても優秀な人物だし、変な虫呼ばわりされる言われはない。リザに対して愛称で呼ぶ許しをいただいていても、必要以上になれなれしい態度にも出ていない。

妹に甘いのは許せるとしても、周りにいる男性をいきなり身辺調査というのはさすがに引く。

「ジョルジュ様がそのようなことをなさっているとリザ様に言いつけてもいいですか？」

「やーめーてー。そんなこと知ったらリザは絶対冷たい目で軽蔑《けいべつ》してくるんだから。けどそういう態度も可愛くて癖《くせ》になりそう」

……何となく危険な嗜好《しこう》に走りかけている気がするのだけど。大丈夫なんだろうか。

アニアが引き気味に見ていると、ジョルジュはあわてて咳払《せきばら》いをした。

「いや、取り乱したけど、僕はあくまで妹が心配なだけだから、やましいことはないからね？」

ほんとうに、この方ときたら。外見だけなら恋愛小説にでてくるような美男子なのに、この残念さはなんなのかしら。

「……わかりました。リザ様には内緒にしておきますので、ほどほどになさってくださいね」

アニアは軽い疲労感とともにそう答えるしかなかった。

3

「……つまらんな」

リザは指で摘まんだチェスの駒《こま》をもてあそびながら、口を引き結んだ。

「女官長は今日も休んだようだが、中々しぶとい食あたりだな。一体何を食べたのだ？　後学のためにぜひ知りたいものだな」

正面に座って盤《ばん》を見つめていたティムが口元に笑みを浮かべる。

「女官長のことをご心配なさっているのですね。普段からそのようなお心がけでしたらあの方のご苦労も減るのでしょうけれど」

「何を言うか。せっかく書物を全部片付けておいたのに無駄になってしまったではないか。それが口惜《くちお》しい。休むのがわかっていれば昨日のうちに書庫から新しい読み物を持ってきておくのだった」

しかも今日は国王とグリアンの特使との謁見《えっけん》が終わるまで部屋で待機するように言われていた。

それで仕方なくティムに一勝負申し込んだのだ。

「お部屋が綺麗になったのですから決して無駄ではないと思いますが。あー……降参です」

リザが手にしていた白い駒を盤上に置くと、ティムは自分の駒を倒して投了を告げた。実際数手前に勝負はついていたのだが。

「手応《てごた》えがないな。そなたわざと負けているのではあるまいな。忖度《そんたく》は認めぬぞ？　これではアニアのほうがよっぽど強いではないか」

読む本もないのではすることがない。それでチェス盤を持ってこさせたものの、この男剣術では負け知らずという噂《うわさ》だが、こちらの勝負はからっきしだった。

アニアにチェスを教えたのがティムだと聞いたので、さぞや強いのだろうと期待していたのだが当てが外れた。

「……どうもこうしたことは慎重《しんちょう》すぎて向かないようで。王太子殿下にも弱すぎて相手にできないと言われる始末で。アニアにも教えた直後から負け続けてます」

ティムは水色の瞳に諦観《ていかん》を漂《ただよ》わせる。

「そなたにも苦手なものがあるのだな」

「……駒とはいえ味方が目の前で倒されるのは見ていて悲しいではないですか」

リザはそれで納得した。彼は自分の駒を倒されまいとして攻めることをしない。それで身動きが取れなくなって自滅する。それだけならまだしも、いきなり王の駒で突進してくる。それでは勝負になるはずもない。

「ずいぶんと甘いことを言う」

「アニアにも言われました。けれどこれが性分《しょうぶん》なので」

ティムはそう言って駒を片付け始める。

アニアが言っていた。ティムは守りたい人がいるから剣の腕を磨《みが》いたのだと。

彼は武勇をひけらかすよりも誰か大事な人を守りたいのかもしれない。

だから部下を倒される前に自分が飛び出して行こうと考えるのが、彼の戦法に現れているのだろう。

「だが、実際の戦《いくさ》ではこのように飛び出してはならぬぞ。戦ではこの駒は指揮官《しきかん》だ。最初に指揮官が潰《つぶ》れては勝てぬのだからな」

リザはそう言って王の駒を拾い上げる。ティムが手を止めて軽く目を瞠《みは》った。

「何だ?」

「いえ。以前王太子殿下に同じことを言われましたから。さすがにご兄妹。よく似ていらっしゃると思いまして」

リシャールは母親似のせいか、父親似のリザとは外見上の共通点は瞳の色だけだ。

今まで似ていると言われたこともない。

「私とリシャール兄上が似ていると言うのはそなたくらいだな。だがジョルジュ兄上に似ているなどと言われるよりはよほどいい。そなたは見る目があるな」

「それはあまりにもったいないお言葉です」

ティムはそう言って大きく首を横に振った。こういう動作が大きいところはティムとアニアはよく似ている。

兄妹か。アニアには実の兄がいるにもかかわらず、ティムのことを実兄以上に信頼しているようだった。そして、ティムの方もアニアを実の妹のように大事にしている。この関係性が不思議だった。

「一度聞いてみたかったのだが、そなたも兄がいるのだろう？　どのような人物なのだ？」

それを聞いてティムは考え込むように口元に手を当てた。

「それがですね……一緒に暮らしていたのはごく短い間なのでどのような人なのかよく知らないんです。ほとんど会話もないですし。王宮に上がる前は私もアニアと同じで領地で長く過ごしていたんです。今は逆に兄の方が領地で暮らしています」

「……仲が悪いのか？」

「いえ、どうも周囲が会わせないようにしているようで。最初は立場の違いを自覚するようにと兄から離されたのですが。それで似た境遇《きょうぐう》の従妹《いとこ》がいると知ってアニアに会いに行きました。ひと目で運命を感じました。彼女は間違いなく私と同じ血を引いていると。どうして彼女が本当の妹ではないのかと思ったほどです」

どうやらティムの兄はさほど目立つ人物ではないようだ。優秀な弟と比べられぬように引き離したのではないか。

どこの家でも下の弟や妹が跡取りの長男よりも優秀なのは悩ましいことだろう。アニアも優秀だった祖父に似ていたから疎まれたらしい。

ティムは学業にも武術にも秀《ひい》でていて将来を期待されている青年貴族の一人だし、アニアも読書で身につけた知識はリザに匹敵するほどだ。

おそらくは孫の中で宰相《さいしょう》エドゥアールの血が最も濃く出たのがこの二人だったのではないだろうか。

なるほど、なかなか興味深い。

「……しかし、それではアニアが結婚したらさぞ寂しかろうな」

「そうですね。いっそ結婚式で大泣きしましょうか」

リザは思わず吹き出した。この長身の男が大泣きするとは想像しただけで笑える。

「迷惑極まりないな。だが、それを見物したい気はするぞ」

アニアが結婚する時は側で見届けたいとは思う。自分がそれまでこの国にいられる保証はないけれど。

「そうですね。リザ様にも見ていただきたいです」

ティムはどこか寂しげな目をして、微笑《ほほえ》んだ。

……わかっているのだ。いつまでも楽しい時間は続かないのだと。それが自分の役目なのだと。

そこへ女官が客人の来訪を告げた。

来ているのがアニアとリシャールの二人だと聞いて、リザは眉《まゆ》をつり上げた。

「おや。あの二人が一緒とは珍しいな」

「そうですね」

ティムもすぐに頷いた。

リシャールは元々アニアの小説の読者だった。彼女が王宮に来るよりも前から。なのにその著者を前にした緊張でぎこちない態度をとり続けていたので、アニアはずっとリシャールに嫌われていると思い込まされていた。

けれどこの頃は誤解が解けたのかちゃんと会話も成立しているようだ。とはいえ、傍《はた》で見ているともどかしいくらいにまだ一定の距離を保っているようだが。

やがて譲《ゆず》り合《あ》うように部屋に入ってきた二人を見て、リザは思わず口元に笑みが浮かんでしまった。王宮内でも飛び抜けた長身のリシャールと小柄《こがら》なアニアが並んでいると、大人と子供のような体格差があるのだ。

「アニア。いろいろと大変だったそうだな」

「ありがとうございます。ご挨拶《あいさつ》が遅れて申し訳ございません」

アニアはそう言ってリザに一礼する。

「無事に戻ったようで何よりだ。それで、どうして兄上と一緒に？」

リシャールに目を向けると、少し気まずい表情になったのでリザが追及しようかと思った途端に、アニアがあわてて付け加えた。

「たまたま行き先がこちらだっただけですわ。先ほどグリアンの特使の方々が国王陛下とお会いになっていたのです。そのとき殿下もご同席でしたので」

「オレは父上からエリザベトに謁見の内容を説明しておくように命じられたのだ」

一緒に来たのが全く色気のない理由だったと知って、リザは溜め息をついた。

リザとしてはこの二人がもっと親しくならないかと思っている。アニアの文官としての才能は兄の治政に役立つだろうし、もし彼女が望むならもっと高い地位でも務まるだろう。

そう、たとえば将来の妃《きさき》として兄を支えてくれても構わない。

……ただ、この二人は基本的に真面目《まじめ》で恋愛観も伝統的だ。お互い相手を意識しているようなのに立場を気にして距離を縮《ちぢ》めることができないでいる。

まあ、急《せ》いてもしかたないか。できれば私が嫁ぐまでにまとまって欲しいのだが。ティムが大泣きするというのならそれも見たいからな。

リザはそう思いながら兄に顔を向けた。

「兄上、グリアンはやはり私に縁談を持ってきたのですか？」

リシャールは頷いた。

「エリザベトをグリアン王ウイリアムの妃にということだ。そしてそれと同時に正式な国交を持つことを望んでいる。異教の国が相手ともなれば教会の理解も得られなくてはならない。協議の上で返答するということになった。特使の男はあくまで強気な態度だったがな」

「強気？」

最初から強気に出られる材料がグリアン側にあるだろうか。国力はオルタンシアの方が上、さらにあちらは外交的にも孤立している弱い立場だというのに。

「我が国が断れば、テオドラ王女に申し込むと言っていた」

「テオドラ王女？　アルディリアの？」

リシャールの元婚約者だった隣国の王女。こちらもアルディリアとの関係が悪化したために婚約が取り消されたが、彼女はまだ十歳かそこらのはずだ。

グリアンがアルディリアと繋《つな》がればオルタンシアは西に敵を作ることになるぞ、という脅《おど》しのつもりだろう。

「ずいぶんと強気なのですね。我が国と国交を持ちたいのならまず教会と和解するところからではないのですか」

「確かにその通りだが、謝ったくらいでそう簡単に許してもらえることではないからな」

グリアンの先代国王は最初に迎えた妃との間に子供ができなかったことで、離婚して新たな妃を迎えようと考えた。けれど、教会は離婚を認めていない。その上彼の妃は教会総本部のあるラウルスの公女、さらに認められるのは難しい。

そこでグリアン国内の教会を勝手に新しい教派にしてしまった。そして離婚を成立させて妃をラウルスへ送り返した。ウイリアムは後に迎えた二番目の妃の子だ。

教会からすれば、神が認めた国王ではないのだから、グリアンを代表して謝罪もできないのだ。

「そもそも原因を作ったのはウイリアム王の父だからな。本人からすればとばっちりだろう。教会はウイリアム王を正統な王ではないからと話し合いすら持とうとしない。だからどこかの国と国交を持ってからその国の口添えで教会との交渉《こうしょう》をしようとしているのだろう」

これが例えばグリアンの王女をリシャールかジョルジュに嫁がせるというのなら、人質的な意味合いもあるのでここまで問題にはならない。まずその王女を改宗させて、その後でオルタンシアがグリアンを説得したという形での交渉に持ち込める。

なのにリザがあちらに嫁ぐのでは、異教徒の立場を支持していると表明するようなものだ。逆にこちらの方が不利益になるのではないか。

よくまあ、そんな立場で強気に出られることだ。どうやらウイリアム王は教会に頭を下げる気はなさそうに見える。

「……我が国からすれば全く利益がありませんね」

「まあ、背後に敵を作るかどうかという話だな。かの国の海軍は強いと聞く。その点では侮《あなど》ることはできない。それを見越してオルタンシアに国交を求めてきたということだな。なかなか食わせものの国王らしい」

リザはふとアニアが複雑な表情をしているのに気付いた。何か言いたげだが口にしていいのか迷っている、というように思えた。

「アニアはグリアンの特使たちに同行してきたのだろう？　彼らの印象はどうだった？」

「……そうですね。まだお若いのにこのような重大な使いを託《たく》されるのは優秀な方なのだろうと思いましたわ。炎のような赤髪の、それは立派な体格の方で、態度も王太子殿下がおっしゃったように堂々となさっていて。……それなのに何だかおかしいと思ってしまいました」

「おかしい？」

アニアは、彼らの態度に違和感を感じたという。

「わたしなら、もし国王陛下からの書状を預かって異国へ向かうとなればそれなりに気構えますし、緊張もします。まして国交もない異教の国、最悪その場で何をされるかさえわからないのですから。なのに彼らは最初から屈託《くったく》もなく堂々としていました。道中もまるで物見遊山《ゆさん》のようにくつろいだご様子で気さくにあれこれ話しかけていらして。あまりに緊張感がなくて逆に何か裏があるようで、何だかジョルジュ様のようだと思ってしまいました」

「それは違うぞ、アニア」

リザは大きく首を横に振る。

「ジョルジュ兄上は裏があるように見えるんじゃない。本当に裏があるんだ。一緒にしては特使たちに失礼だろう」

「……え……そうなのですか？」

アニアが戸惑ったように問いかけてきた。以前ジョルジュはアニアに求婚して困らせたことがあったのだが、その時に彼の性格が見た目どおりではないことくらいわかっているはずだ。

……まあ、ここで頷いたらジョルジュに対して無礼だと思っているのかもしれないが。

「お国柄なのかもしれないが、単に態度に出していないだけかもしれないな。それが目についたというなら、逆に平常を装いすぎて不自然だったのだろう」

「……そうですね。それもあるかもしれません」

「何か他にも気になるのか？」

リシャールがわずかに戸惑ったようにアニアに目を向ける。

「特使の方はローダム卿《きょう》とおっしゃるのですが、ジョルジュ様のお話ではローダム家は亡くなった五人目の王妃のご実家だそうです。それを聞いて、なおさら疑問に感じました」

確かに奇妙だ。亡くなった王妃の縁者に次の縁談を持ってこさせるなど、嫌がらせ以外のなんでもない。もし王妃の死にローダム家の手落ちがあったとしても、なおさら新たな縁談を申し込む役目を与えたりはしないだろう。

しかも当の本人たちが緊張感もなしにくつろいでいるのは異様だ。アニアの言いたいことは理解できる。

「名前を偽《いつわ》っていると思うのか？　だが、そんなことをしてどうなる」

そうだとしても、そこまでアニアが拘《こだわ》るのは何故《なぜ》なのか。リザは不思議に思った。

「この大事な場で身分を偽るとなると問題ではないでしょうか。国の信用に関わります」

確かに。王の親書が本物であっても、特使が偽名を名乗っていると知れれば印象は悪くなる。もしかしたら異教の国に要人を行かせることを危険視して、代わりの者にローダム家の名を使わせただけなのかもしれないが。

「……それで？　アニアがローダム卿とやらを不審に思った理由は何なのだ？　他にも気になることがあるのだろう？」

相手の態度が不自然だったとしても、偽名を使っていたとしても、それはまだ外交の駆け引きの範囲と言えるだろう。彼女が戸惑っている理由は他にあるのではないだろうか。

アニアは躊躇《ためら》いながらリザとリシャールの顔を見上げた。

「些細《ささい》なことなんです。あの方をお見かけしたときに、面差《おもざ》しの似た他の人が頭に浮かんできて、この人たちは何か隠しているのではないかと思ったのです」

「それはグリアンの人間なのか？　だとしたら、祖父の記憶か」

「……そうだと思います。わたしにはまったくその人に覚えがありませんから。我が家の者の話では、祖父は若い頃にグリアンに留学していたことがあるそうです。その時に会った人かもしれません。その人が身につけていたものについていた紋章は、ローダム卿のものとは全く違っていましたし、その人はあの方よりかなり年上に見えました」

アニアの祖父エドゥアール・ド・クシーは彼女が生まれるより前に亡くなっている。先代国王ジョルジュ四世の下で宰相《さいしょう》を務めていた人物で、『穴熊』というあだ名で呼ばれていた。

女性関係が派手で何かと問題を起こしていた先代国王の治政を支えていたのだから、その手腕は推《お》して知るべしだろう。けれど二十年前に王宮を去ってそのまま亡くなった。

不思議なことにアニアは、亡くなった祖父の記憶を受け継いでいるという。時折その記憶が見てきたように頭の中に浮かび上がってくるらしい。

一体どういう頭の作りなのだかリザにはまったくわからない。ただ、その内容がアニアが知り得ない事実ばかりで、幻覚の類《たぐ》いではないとしか言いようがない。

しかも今までの例では、彼女にとって必要な情報が時期を選ぶように頭に浮かぶというのだ。まるで彼女の祖父が導いているかのように。

それが事件の解決に役立ってきたのだが、今回は逆に戸惑わせる結果になったらしい。

「……なるほど。とりあえずローダム卿の素性《すじょう》は信用できない……ということで。それでは本気で縁談を持ってきたのかも怪しいな」

「エリザベト。特使が誰であれ一国の王の親書を携《たずさ》えて来ているのだからね。怪しむのはほどほどにしたほうがいい」

傍《そば》で聞いていたリシャールがやんわりと諫《いさ》めてきた。

「わかっています。相手がどうであろうと、私はいかなる事態も本気で対処します」

リザは不機嫌もあらわにリシャールに向き直った。

たとえ馬鹿王子であろうと、呪《のろ》われた王が何を企《たくら》んでいようと、命じられればどこにでも行く覚悟はしている。

「……わかっているならいい。だが、そなたとアナスタジアはあまり本気にならないでくれたほうがありがたい。二人が本気になると危ないことに首を突っ込んで想定外の事態を招きかねないだろう」

リシャールはリザの顔をじっと見つめてそう言ってきた。

失礼なことを言わないで欲しい。自分たちは事件解決に力を貸してきただけなのに。

「あら？　何をおっしゃっているのかわかりませんわ。ねえ、アニア？」

リザがちらりとアニアに目配せした。口元を扇《おうぎ》で隠しながらアニアも上品に答える。

「そうですわ。そのように危険なことなど恐ろしくてできませんわ」

想定外の事態を招き続けてきた張本人たちがいきなり貴婦人らしく答えたのを見て、リシャールは諦《あきら》めたように口を引き結んだ。

部屋の隅で控《ひか》えていたティムがそれを見て吹き出した。

「……畏《おそ》れながら。王太子殿下、勝ち目のない戦はなさらないことです」

「確かにな。これ以上損害を増やさないためにも撤退《てったい》しよう。だが、くれぐれも今回は二人とも下手《へた》に動かないように」

リシャールは負け惜しみのようにそう言って去って行った。

リザは兄を見送ると、くるりとアニアに振り向いた。

「そういえばアニア。此度《こたび》の話も面白《おもしろ》かったぞ。姫を守るために死んだと偽って敵の目を眩《くら》ますとはな」

アニアの書いている小説は、一途に思いを寄せる女性を追い求める美形の貴公子が主人公の冒険譚《たん》だ。主人公には腹違いの妹がいて、今回その妹が悪い男から命を狙《ねら》われる物語だった。

「ありがとうございます。もう読んでくださったんですね」

「特に悪い貴族が遺体に化けた姫に触れようとするのを誤魔化すところが興味深かった。脈を取らせないために石膏《せっこう》でニセモノの手を作っておくとはな。今度私が死んだふりをするときに使わせてもらおう」

「そんな真似はなさらないでください。わたしが入れ知恵をしたと陛下や女官長様に叱《しか》られますわ」

アニアが焦った様子になる。そして、ふと思い出したようにリザに目を向けた。

「ところで、女官長様がお倒れになったというのは本当ですか？　わたしが不在の間に何かあ

ったのでしょうか」

「食あたりだとしか聞いていない。あの女官長が倒れるとは何を食べたのだろうな」

「あとでご様子を伺《うかが》ってきますわ。それなら見舞いの品は食べ物ではないほうがよさそうですわね。お部屋にいらっしゃるのでしょうか」

そう言いながらアニアはティムの顔をじっと見た。青い瞳がすっと細められる。

「……ティム。さっきから様子がおかしいわ。何か知っているようね？」

従妹からの追及にティムは溜め息をついた。

「君に隠しごとができるとは思っていないよ。モンタニエ夫人は王宮から下がって自宅に戻っているから、多分会えないよ」

リザにはティムのどこがおかしかったのか全くわからなかった。

ティムは優秀な男だ。だからこそ人当たり良く敵を作らないように振る舞っている。いつも笑みを浮かべているが、隙は見せない。何か隠していても決して気取らせない。

なのにアニアには嘘が混じっていればわかるものなのか。

「王宮から下がったとは聞いておらぬぞ。何故言わなかった？　そこまで悪いのか？」

リザが不機嫌も露《あら》わに呟くと、ティムは一礼して答えた。

「申し上げるほどのことはないと思っておりました。症状が重いわけではないのですが、陛下がこの際だから少し休めと命じられたので自宅静養なさっているだけです」

言うほどのことではない？　ならば、アニアが追及《ついきゅう》しなかったらこのまま伏せられていたのか。

隠しごとをされるのは好きではない。そもそもあの女官長はそう簡単に仕事を休むような人物ではないはずだ。

「そうか、ならば私からの見舞いの品を手配させねばな。ティムよ。女官を呼んできてくれるか？」

「……はい」

ティムが下がるとリザはアニアに目を向けた。

「よく気がついたな。アニア。あやつはさらっと嘘をつくのだな」

「そうでもありませんわ。意外にわかりやすいと思います」

アニアが微笑む。

「それは幼い頃から知っているからではないのか？　私は気がつかなかった」

「いえ、リザ様ならきっとおわかりいただけると思いますわ。ティムは元々嘘が得意ではないんです。上から命じられるか仕事で必要なときしか嘘はつきません。だから嘘をつくときは笑顔がよそ行き用だったり目線を外したりするんです」

なるほど、だからアニアには隠しごとができないのか。彼女の観察眼に感心しつつリザは頷いた。

「時々胡散臭《うさんくさ》く感じるのはそのせいだったのかもしれぬな」

「それですわ。そういうときに、嘘をついてないか聞いてみると白状しますわ。よほど隠さなくてはならないことは言わないでしょうけど」

いい大人が嘘を一切つかないというのはありえないが、ティムは事実と違うことを話しているとき意識して平静を装おうとするらしい。これはいいことを聞いた。

「そうか。今度からじっくり観察してみよう」

そうすればアニアのようにティムの嘘がわかるようになるだろうか。リザがそう思っていると、アニアは少し顔を曇らせた。

「……ただ、あの様子だと他にも何かありそうですわ。もしかしたら女官長のお加減は聞いたよりもよくないのかもしれません。リザ様にご心配をかけまいとご本人が口止めをさせている可能性もありますが」

「同感だ。しかも、ただの腹痛なら口止めの必要などあるまい？」

それに、女官長が不在だからと予定があれこれ中止になっている。おかげで人の出入りがなくなって、リザは自由を満喫《まんきつ》していたのだが。

「そうですね。確かにおかしいと思いますわ。調べられそうなら調べてみます。わたしはしばしばこちらには頻繁《ひんぱん》に来ることができませんけれど、ティムがお側にいるのなら大丈夫でしょうし」

「それでもティムの剣の腕は信頼できます。きっとリザ様のことをお守りしますわ」
「些《いささ》か胡散臭いがな」

リザはそれを聞いて、アニアがティムに対して絶大な信頼を寄せていることが羨《うらや》ましく思えた。

リザにも兄がいる。彼らはリザのことを気にかけて可愛《かわい》がってくれるけれど、それはいずれ他国に嫁ぐという立場に同情しているからではないかと思えて、手放しに信じられないこともある。

……ひねくれているからな。私は。

アニアは実の家族には距離を置かれていたらしい。祖父と折り合いが悪かった両親は祖父によく似た娘を好ましく思えなかったのか、兄だけを連れて王都で贅沢《ぜいたく》に暮らしていた。

ティムは領地に残された幼い従妹を心配して頻繁《ひんぱん》に訪ねていたという。両親が強引にアニアを金持ちに嫁がせようとした時も、王宮仕《づか》えを勧めることで守ろうとした。

そう考えればアニアが実の兄以上の存在としてティムを信頼しているのは頷ける。

だが、ティムが今でも従妹に過保護というのはどうなのか。その上、意中の人がいるなどと言っているのに他に浮いた噂もない。

ならばアニアがティムの意中の人かとも考えてみたが、その割にアニアがリシャールと親しくしていてもあまり態度に変化がないのを見ると、どうやら違うようだ。

やはり、あの男は何を考えているのかさっぱりわからんな。

まあいい。自分はいずれどこかに嫁ぐのだから、一人二人摑めない人間がいてもたいしたことではない。そんなことを気にしていても仕方がない。

ティムは職務であればリザを守ろうとするだろう。それについては疑いを持っていない。

……今はそれでいい。

「そうか。アニアがそう言うのなら心配はいらぬのだろうな」

そこへティムが女官を連れて戻ってきたであろう気配がした。リザはアニアに笑いかけて話題を変えた。

「ではアニア、また続きが出来たら読ませてくれるか？　だが兄上には内緒だぞ？」

「先ほど殿下から続きの催促《さいそく》をされてしまったのですが……」

アニアが困ったように笑う。

リシャールはアニアの書いている小説の熱烈な読者だということをずっと隠していたけれど、先日とうとうアニアに知られてしまった。すっかり最近は開き直っているようだ。

どうやらこの部屋に来るまでの間、そんな話をしていたらしい。

「大丈夫だ。あとで私から恩着せがましくまとめて渡して差し上げよう」

リザとは逆で、兄はずっとこの国にいなくてはならない。もちろん王となる立場なのだから、その重圧を考えれば安易に羨むことはできない。それでも少しくらいの意地悪をしても構わないだろうと思ってしまう。

「リザ様にお任せいたします。どうかお手柔らかになさってくださいませ」

アニアがそう答えたところへ、ティムがちょうど部屋に入ってきた。

「戻ったか。では女官長の見舞いの品を考えようではないか。このような機会はそうそうないからな」

リザはそう言ってアニアに微笑みかけた。

くよくよと気にしてもしかたない。いずれすべてと別れる日は来るのだから。


女官長への見舞いを送った翌日、リザは今日の分の刺繍《ししゅう》の課題を片付けようと道具を引き出してきた。気は進まないが他にすることがない。

リザには部屋から出ないようにと指示があったので、ティムは部屋の隅に控えてリザの行動を見守っている。

いい加減読むものがなくなってしまったので書庫から本を持ってきてもらうことも考えたのだが、不慣れな侍女やティムの部下たちでは探してくるだけでどれほど時間がかかるか考えたら面倒になった。

図案をなぞるように針《はり》を刺しながら、リザは溜め息をついた。

「ティム、退屈だから何か驚くような珍しい話題はないか？」

無茶な命令をされたティムは少し考えてから、何かを思い出したように頷いた。

「そういえば先ほどサニエ司祭にお会いしました。ここ数日リザ様がミサにおいでにならないからとご心配のようでしたので、『王女殿下は女官長が体調を崩されたのでお部屋でずっと快《かい》癒《ゆ》を祈っていらっしゃいます』と説明しておきました」

それのどこが驚くような話題なのだ。

オルタンシアの国教は神聖教会だ。王族も全員信徒である。定期的に王宮内にある礼拝堂でミサも行われているし、それには貴族や王族も参加する。

サニエはそのミサを取り仕切る役職にある。どことなくたるんだ雰囲気《ふんいき》と、裏で贅沢三昧《ぜいたくざんまい》しているという評判もあって、できれば顔を見たくない者の一人だ。

「……上手《うま》い言い訳だな。サニエの脂《あぶら》っこい顔などを見ているくらいなら、まだ女官長の見舞い品を考えている方がましだからな」

完全に嘘ではない説明をさらりと取り繕《つくろ》うことができるのは臣下《しんか》として有能だ。アニアも柔軟に対応できるが、ティムもこうしたことは上手い。

「確かに脂っこいのは事実ですが、それは外では口になさらないようにしてください。すでにグリアンからの特使が来ていることも、リザ様の縁談のことも、噂になっています。今は教会側を下手に煽《あお》るようなことはお控えください」

「わかった。まあ、私は元々信徒としては不真面目だからな。ならば、ほどほどにミサに顔を出しておいた方がいいのか？」

リザは読書に熱中していると、うっかりと時間を忘れてミサを欠席することがあった。それについては女官たちの機転により病弱で寝込んでいる設定になっているらしい。さすがに王女が信仰心を疑われるようでは後々問題になると思ってのことだろう。

「いえ、陛下からは当面は人前に出ることは控えるようにとのご指示を頂《いただ》いています。グリアンの特使についてあれこれ詮索《せんさく》されるだけだろうからと」

「当面とはいつまでだ？　父上はグリアンの特使が帰るまで私を部屋に閉じ込める気か？」

「リザ様の宮廷費を増額しておくので、それを書籍購入費に充《あ》てても構わないとのことでした」

「……私に本を与えておけば大人しくしていると思っているな」

リザは拳《こぶし》を握《にぎ》りしめた。本は高価なものだし、リザのようにあらかた手に入る本を読み尽くしている人間が求めるような希覯本《きこうぼん》は更に高い。

リザにまつわる経費はほとんどがドレスや宝石ではなく書籍に使われているのも事実だ。けれどそれで足元を見られるのは不快だ。

そもそもアニアを特使の担当にしたことも、自分とアニアを離しておけば滅多《めった》なことはしないと考えてのことだろう。

「そうしてでも今はあなた様に部屋にいていただきたいのです」

ティムは穏やかに、けれど容赦《ようしゃ》なく事実を指摘する。

「だったらちゃんと理由を言えば良いではないか。私は赤子ではないのだぞ」

リザは苛立《いらだ》ちがこみ上げてきた。

護衛を増やすことは了承したが、行動まで制限されるのは納得がいかない。

ティムの言葉通り、呪われた国王ウイリアムから求婚されたことで好奇の目を向けられないようにという配慮《はいりょ》だとしても、それだけなのかと疑いたくなる。

書物という玩具を与えて黙らせようとされると、なおさら子供扱《あつか》いされたようで面白くない。

自分は虜囚《りょしゅう》ではない。けれど、政略結婚の駒として使える未婚の女性王族は自分しかいない。

その自覚を持って身を慎《つつし》まなくてはならないのはわかっている。

……なるほど、虜囚のようなものか。目的のために生かされているのだから。だが、それでも私は物ではない。

「リザ様……？」

リザは刺繍道具を傍らのテーブルに置くと立ちあがった。

いつの間にかリザの怒りの矛先《ほこさき》はティムに向かっていた。

そもそもティムは父上の言葉をなぞっているだけではないか。

父上同様、私のことをどうにでもあしらえると思っているのではないか？

「ではまず隠していることを全部話したらどうだ？　女官長はただの食あたりではないのだろう？　また懲《こ》りずに私を狙う者がいるのではないのか？」

「そのようなことはありません」

リザの言葉に、ティムは一瞬顔を強《こわ》ばらせたが、すぐに穏やかに微笑んだ。

……これはアニアでなくてもはっきりわかる。

それを見た瞬間、急速に怒りの熱が冷めていった。

「私を誤魔化そうというのなら、もう少し上手くやるのだな。もうよい」

リザはそれだけ言い放つとそのまま寝室に逃げ込んだ。

……ティムを責めても仕方ないのだとわかっているのに。私は何をしているのだ。

言わなくてもおそらくリザが気づいていたことを、ティムは察していたはずだ。

女官長は何かの薬を盛られたのだろう。だが、それはグリアンからの縁談よりも前の話だ。

だから、グリアンの特使を引き合いにしてリザを部屋に閉じ込めるのとは別に、何か他の要因があるのではないかとリザは思っていた。

けれど、アニアが言っていた。ティムが嘘をつくとしたら、誰かに命じられたり必要だったりしてやむをえないときなのだと。

彼には彼の立場がある。言えることなら話してくれただろう。

それなのに嘘をつくなと騒ぐのは、子供が駄々をこねるのと同じではないか。

……本当のことを告げていないのは、あのときの私も同じだというのに。嘘つきが嘘をつくなとはおかしな話だ。

今も、そしてあのときも……。

幼い頃のリザは嫌な子供だった。

他の子よりも頭が回る分早熟で、大人の言動を観察してどう振る舞えば相手を誤魔化せるかを知っていた。周囲はリザのことを甘やかしていたので、多少のことで咎《とが》められることもなかった。

だから皆はリザのことを内気で大人しい少女だと思っていたはずだ。リザ付きの侍女や女官など一握りの側仕えを除いては。

その当時のリザは男の子と同じことがしたくてしかたがなかった。周りの人々が兄のことを褒《ほ》めそやすから、それが理想的な姿なのだと思い込んでいたのもあるかもしれない。

けれど、女官たちはリザにそんな自由を与えてはくれなかった。

ある日、リザは下働きの少年たちが庭の片隅で木登りをしているのを窓越しに目撃した。早速こっそりと自分もやってみようと外に出たのだが、着せられていたドレスが邪魔で上手くいかない。何度か試してみたが、低い枝に足を乗せそこねて転んでしまった。

気がついたらドレスに酷《ひど》い泥汚《どろよご》れができていた。

さすがにこれを誤魔化すのは難しいと、リザは途方に暮れた。

木登りに失敗したなんて恥ずかしくて口にはできない。だが、ドレスを台無しにしたのだから確実にお説教はされるだろう。

……そもそも、どうしてこのような動きにくい服を着せられねばならないのだ。男ならば易々《やすやす》と走り回れる衣服でいられるのに。

どんなに美しいと褒められても、このドレスは私にとってはただの枷《かせ》ではないか。

もっとやりたいことはたくさんあるし、知りたいことも。なのに、兄や他の男の子たちにはその機会があって、自分にはない。

悔《くや》しくて涙がこぼれそうになった。

そこへ誰かの足音が近づいてきた。

「どうかなさったのですか？」

見ない顔だ。顔立ちはまだ幼さが残っているが背はすらりと高かった。

歳格好はリザの兄たちとさほど変わらないだろう。赤銅色《しゃくどういろ》の髪と水色の瞳。純朴《じゅんぼく》そうな雰囲気なのに、姿勢も立ち居振る舞いも洗練されたものだった。

少し西部訛《なま》りのある言葉と仕立ての良い服を着ているのを見て取って、リザは彼がどこぞの地方貴族の令息であろうと見当をつける。

「……何者だ？」

「バルト子爵フェリクスの息子ティモティと申します。恥ずかしながら王宮に慣れていなくて、父とはぐれて迷ってしまいまして、どなたかに道をお尋ねしようとしていたところです」

大きななりをして、ただの迷子か。気が緩《ゆる》んだせいで、こみ上げていた涙がぽろぽろとこぼれ落ちた。

「……ああ、申し訳ありません。驚かせてしまうつもりはなかったのです」

彼のせいでは全くなかったのだが、この程度のことで本気で狼狽《うろた》えるのが面白くて、リザはちょっと悪戯《いたずら》をしたい気持ちになった。

「いいえ、私が悪いのです。さっきうっかりと転んでドレスを汚してしまったので、きっと叱られてしまうと思って……」

しおらしく俯《うつむ》いてそう答えると、彼はちらりと傍らの大きな樹を見上げた。

「そうですか。それはお辛《つら》いですね。僕はまた木登りでもなさっていたのかと思ってしまいました。王宮にそのような方がいらっしゃるわけありませんよね」

「……」

リザは一瞬戸惑った。

どうしてドレスを着た女の子を見て木登りと結びつくのか。意外に侮れない奴《ヤツ》なのか？

黙り込んだリザを見て無礼なことを口にしたと思ったのか、彼はあわてて付け加えた。

「失礼しました。僕にはあなたくらいの歳格好の従妹がいるのですが、結構なおてんばでして。……でも、もしそのドレスのことであなたが叱られるのでしたら、僕のせいにしてしまえばいいでしょう？」

彼は穏やかに微笑むと、リザの前に跪《ひざまず》いた。

そこへリザを探しに来たらしい女官たちが駆けつけてきた。見慣れぬ人物がいるのを見て身分を問いただし、それからリザの泥まみれな姿に大騒ぎした。

すると、彼はすぐに頭を下げて、女官たちに自分がぶつかって転ばせてしまったと説明した。

リザはそのまま彼と引き離されると、侍女に連れられて部屋に戻された。

本当に庇《かば》うとは思わなかった。初めて会った相手にどうしてそこまでできるのだ。お人好しと言うよりはバカではないか？

まあ、また王宮内で会うこともあるだろう。その時には従妹の話も聞けるだろうか。

リザがのんきにそう思っていたら、リシャールがその夜突然訪ねてきた。

いつもは優しい兄だが、その日はどこか苛立《いらだ》っているようだった。

「エリザベト、聞きたいことがある」

「何ですか？　兄上」

「そなたのドレスを汚したのは本当にバルトか？」

兄の金褐色《きんかっしょく》の瞳に動揺が見えた。バルト、と言われて一瞬誰のことかわからなかったが、ドレスを汚す、という言葉からあの少年のことだとリザは理解した。

「あの人は兄上のお側付きだったのですか？　でもどうしてそのようなことをお訊《たず》ねになるのですか？」

あのあとリザは部屋から出ないように言われたくらいで叱られもしなかった。

だから、おそらく彼が上手く誤魔化してくれたのだろうと思っていた。

リシャールは拳をきつく握りしめて、感情を抑えようとしているように見えた。

「……バルトは王族に無礼を働いた罪《つみ》で牢《ろう》に入れられた。このままでは処罰《しょばつ》されてしまう」

「どうしてそんなことになったのですか？」

意味がわからなかった。故意にやったというのなら罪に問われるはずだ。けれど、彼はリザに危害を加えた訳でもないのに。それに、さすがに牢に入れられるというのなら、そこで本当のことを話して無罪を主張するだろう。

まさか、そうしなかったのか？　私を庇って？　いくら何でも初対面の相手のために罪を被《かぶ》るような真似をするなどありえない。

リザがそう思っていると、リシャールは首を横に振った。

「ぶつかったということは許しなく王女の身体に触れたということ、しかもドレスを台無しにしてしまったとなれば罪に問われることになる。だが、あやつはのんびりして見えても剣術の腕もあるし注意深い性格だ。うっかりと人とぶつかるとはオレには思えない。それなのに、奴《ヤツ》は一切言い訳をせずに大人しく牢にいる。だからそなたが何か知っているのではないかと思ったのだ」

「……なんて愚《おろ》かな」

どうして話さないのだ。言えばリザが叱られるだけで済むというのに。そこまでリザを庇う必要がどこにある。

「本当に愚かだと思うのか？」

「兄上……」

リシャールはまっすぐにリザを見つめてきた。

「バルトは愚かな男ではない。わかっているのだろう？」

やんわりとそう言われて、リザはうつむいた。

……愚かなのは、私だ。

「エリザベト。オレたちのような王族はその気はなくても相手に思わぬ影響を与えてしまうことがある。だから軽はずみなことを口にしてはいけない。下手をすれば彼らの人生を狂わせることだってある」

いつもよりも強い口調で話す兄は、きっと心の中では焦《あせ》りと苛立ちが渦巻《うずま》いていたのだろう。

その様子に、リザはさすがに自分の言動が恥ずかしくなった。

自分が考えなしに行動した結果なのに。たまたま涙がこぼれたのを利用して同情を引こうとした。そんな愚かなことをしたから、彼は牢に入れられてしまったのか。

……自分の愚かさが誰かの人生を大きく狂わせてしまう。

彼が有罪だというのなら、自分は大罪人だ。

兄はリザの表情を見て語調を少し和《やわ》らげた。

「バルトのために口添えをしてもらえないか？」

「兄上……」

「オレが無理を言って王宮に呼びつけたのだ。側近になってほしいと。だからもし、あやつが何もしていないというのなら助けてやってくれ」

「助けるもなにも、悪いのはすべて私です。こんなことになるなんて思わなかったんです」

そう答えると、兄の大きな手が頬に触れた。

「わかってくれたのならいい。では、協力してくれるのだな？」

「けれど私は……」

彼を牢から出して、それで終わりでいいのだろうか。

ドレスを汚しても自分は叱られるだけで済むのに、誤魔化そうと嘘を重ねて彼に酷い恥《はじ》をかかせてしまった。これをどうやって償《つぐな》えばいいのか教えて欲しい。

リシャールはリザの頭に大きな手を載せた。

「それで終わりだ。王族が臣下に頭を下げるわけにはいかない。だから謝罪は必要ない。すべてなかったことになるだけだ。バルトに謝りたいのなら、二度と同じことをしないように。それに、バルトはむしろエリザベトがこれから叱られることを心配するに違いない。そういう男なんだ」

「……そんな」

リザは歯がゆさを感じた。言葉で謝ることさえ、王族という身分のせいで簡単にはできない。けれど謝ってなかったことにするのも傲慢《ごうまん》だ。

だったら、態度で示すしかない。これからの自分は過去とは違うのだと。ティムとも次に会ったときには初対面からやり直そう。

そして、二度とつまらない嘘をつくような真似はしない。

自分は愚かだ。愚かだった。だからこれからは賢くならねばならない。それが自分にできる償いだ。

リザはティムの放免《ほうめん》を願い出た。

無事彼は牢から出され、その後兄の側近として働いているのを目にすることはあっても、リザは彼に対して必要以上に関わることはしなかった。

初対面として振る舞ったリザに、ティムはあの日の出来事を口にすることはなかった。さぞや質《たち》の悪い嘘つきだと思っているかもしれないが、一度も訊《き》いてみたことはない。

アニアが王宮に来たことで、彼女を通してティムとの距離感は縮まってはいるけれど、リザの頭の片隅にはずっとあの日の出来事があった。

これでいいのだと思っていた。

また何かうかつなことをして、ティムが投獄《とうごく》されるようなことがないようにすればいい。

いずれ自分は他国に嫁ぐのだし、そうなったときに時折懐《なつ》かしく思い出される程度の相手でいい。

「少々図に乗っていたのだな。私は」

アニアと出会って、ティムとも以前より気兼ねなく話せるようになって、あの頃の愚かな自分を打ち消すことができるだろうかと思っていた。

けれど、自分の本質はまだあの頃と変わっていない。頑是無《がんぜな》いことを言って周りを困らせてばかりいる。

ティムが本当のことを話さないのは、話せないからだ。

……女官長はただの食あたりではない。それは事実だろう。

どうして女官長を狙ったのだ。狙いは私ではないのか。

今までも何度か命を狙われてきた。だから自分が狙われる分には構わない。

そもそも、一体誰がそんなことをしたのか。

以前執拗に命を狙ってきた父の寵姫《ちょうき》は失脚して王宮から出たし、他の愛人たちには子供がいないから、リザを殺したところで王家に影響力があるわけではない。

女官長が倒れたのはグリアンの船が入ってきた日だ。グリアンの特使たちを迎え入れたことで、神聖教会が裏で動いている可能性も考えてみたが時期的に少々早すぎる。

先日ラウルス公女とリシャールの縁談を断ったことでラウルスが逆恨《さかうら》みしてきたということもあり得る。ラウルスと教会は表裏一体だから、こちらはまだ安心はできない。

……奴らが狙って来るのは私だけだろうか？

特使たちに対しても何か動くのではないか？

「そもそも、今回は私の縁談ではないか……」

なのに何も肝心《かんじん》なことを聞かせてもらえない状態でいなければならないのか。

こうしているうちに、自分の周囲や友人に何か危険が近づいているかもしれないのに。

こんな時、アニアがいたら自分に何と言ってくれるだろうか。

4

離宮の庭を散策していたアニアは花壇《かだん》の前で足を止めた。

周囲を確認してから、うずくまって花壇の草取りをしている庭師に静かに歩み寄る。

「陛下、何をなさっていらっしゃるんですか?」

アニアが小声で問いかけると、その庭師、というより変装した国王ユベール二世は挨拶《あいさつ》するようにひょいと帽子《ぼうし》を持ち上げた。悪びれない表情で微笑《ほほえ》んでいる。

今日も作り物の髭《ひげ》をつけて顔や服に泥汚《どろよご》れをつけたりと入念な庭師っぷりだ。

「どうしてわかった? ここに来るまで誰にも呼び止められなかったというのに」

「今日の変装もばっちりお力が入っていますけれど、せっかくの花の苗まで抜いてしまっていますわ」

花壇に何も残らないような除草作業を見て、アニアは疑念を抱《いだ》いたのだ。普通植えてあるものは残すだろうと。抜かれてしおれた苗を指し示すと、やっと気づいたように国王は大きく頷いた。

「……なるほど。これは植えてあったのだな？　やはりそなたは侮《あなど》れんな」

なるほどじゃないでしょう……。国王陛下ともあろう方が。

アニアはそう言いたい気持ちを何とか抑えて曖昧《あいまい》に微笑んだ。

リザの父、オルタンシア国王ユベール二世。リザと似た整った美貌《びぼう》の持ち主で実の年齢よりも若く見える。即位以来、内政の安定に力を入れてきた手腕で名君と名高い。

お会いするまではとても立派で完璧《かんぺき》な方だと思っていたのだけれど。

実際接してみると飄々《ひょうひょう》としてつかみ所がない上に、変装してたびたび抜け出す趣味のせいで王太子や周囲の気苦労が絶えないと聞かされた。

アニアの祖父はこの人の変装を見破るのが得意だったそうだ。

「何か気がかりなことでもございましたか？」

グリアンの特使たちの様子を見に来たのだろうか。そう思って問いかけると国王は曖昧に頷いた。

「うむ。そなたがどうしているのか気になってな。情に惑《まど》わされてはいないかと。そなたがエリザベトのことを心配してくれているのはわかっているのだが」

リザの将来に関わっている相手に対して見る目が辛《から》くなっているかもしれないとは思う。それは自覚している。

「あちらの陛下が殿下を大事にしてくださる方かどうか知りたいですから、確かに情は絡んでいるかもしれませんわ」

アニアは正直に答えた。中立公正でなんていられるわけがない。リザの嫁《とつ》ぎ先になるかもしれない国の人たちなのだから。相手の国王もどんな人なのかと気になる。

「アナスタジアよ。そなたには武器があるだろう？　そなたの目でよく見るがいい。情に曇った目では大事なことを見落としてしまうぞ」

「わたしの武器……ですか？」

祖父の記憶のことだろうか。けれど今回それでアニアは余計に混乱していた。

今まで見た祖父の記憶はこの国で起きた出来事に関わっていたので、当時を知る人と共有することができた。今回は曖昧すぎてそれをわかってくれる人がいないのだ。

「そなたには豊かな想像力がある。だからこそ物事の中に潜《ひそ》むささやかな真実にたどり着くことができるのではないか？　エドゥアールも中々突飛な男だったが、その点ではそなたには負けるだろう」

「……想像力……ですか？」

アニアは戸惑った。

確かに想像と妄想は得意だけれど、それは時には事実によけいな飾り付けをして真実から遠ざけるものだと思っていた。

物語とは違うのだからと、今までは普段考えるときは想像したことは意識して脇においていた。

けれど、今回はそれが必要になるということかしら？

「……もしかして、陛下も何か疑念をお持ちなのですか？」

何か疑惑があるから自分の目で確かめに来たのだろうか。

「疑念というか、そなたが何かこだわっていると聞いたのでな」

豊かな付け髭の奥で国王は金褐色《きんかっしょく》の瞳を細めていた。

「ではいくらか助言をしようか。エルドレッド・ローダムはウイリアム王の五人目の王妃クリスティーナの叔父に当たる。年齢は三十歳。ローダム家は『灰色の侯爵』と呼ばれるほど代々灰色の髪の人物が多く、エルドレッド自身も灰色の髪の持ち主だそうだ」

「……そう、なのですか？」

歳格好や外見まで違うとなると特使の男は間違いなく別人だろう。

「もしかしたら、向こうはこちらがどこまで気がつくか計算しているのかもしれない。だからこの情報をどう扱《あつか》うかはそなたに任せる」

確かに、別人だとわかっているんだぞ、といきなり騒ぎ立てるのはあまり賢いとは言えない。彼らが何をするつもりなのか知らない振りをしながら探り当てるほうがいい。

……だけど、こういう駆け引きって、小説の中ならともかく現実では簡単ではないわ。

ものすごく難しい課題を渡された気分だったが、アニアは頷いた。

「わかりました。お手数をおかけして申し訳ありません。陛下のお心を騒がせるようなつもりはなかったのです」

「臣《しん》の考えを聞く耳は常《つね》に持っているから大丈夫だ。ただ、特使がローダム本人でないからと言っても全てを疑う訳にもいくまい。どちらにしても王の親書は本物のようだ」

その通りだ。グリアンの国旗を掲《かか》げてやってきたからには、あの人は一国の王の使わした正式な特使だ。

けれど、アニアの心の中でそれがしっくりと落ち着かないのは、あの特使の男とよく似た男を祖父が知っていたからだ。

「そなたの曇りのない目で見てみるといい。何か考えがまとまったらいつでも教えてくれ」

そう言うと庭師に化けた国王は道具を片付けて去って行った。

曇りのない目？

それではまだ何か見落としているのだろうか。アニアはそう思いながらその場を立ち去った。

「そうかー。また抜け出してたのか」

離宮に戻ってアニアが国王と会っていたことを説明すると、ジョルジュは笑って頷いた。

すでにグリアンの特使たちは部屋に戻っているからと、ジョルジュが滞在している部屋に誘われた。そこは一階で庭に面したテラスがあるのだという。

侍女が運んできたお茶や焼き菓子を勧めてくれながら、ジョルジュはのんびりした口調でアニアに答えた。

「まあ、あの方は放っておいても大丈夫だよ。好きにやっているようだけど一応離れて護衛が見ているから。たとえ愛人のところへ通うときでもね」

「そうなんですか」

よほど優秀な護衛なのだろう。アニアにはその存在が全くわからなかった。もしかしたら隠密行動が得意な人たちなのかもしれない。

「あの方がおっしゃるように、わたしは何か大事なことを見落としているのでしょうか？」

「うーん。父上の変装を見破れる君が見落としてることねえ……」

ジョルジュはそう言いながらユベール二世によく似た表情でにこりと笑う。言うと本人たちには不満げな顔をされるのだけれど、リザとジョルジュは父親似で三人は本当によく似ている。

「じゃあ、基本に立ち返ってみよう。君はグリアンのことは詳《くわ》しいんだっけ？」

「書物には一通り目を通しています」

祖父が残した書物があったのでグリアンの歴史などは調べることができた。本邸から持ってきた祖父の忘備録はまだ全て読めていないが、あちらにはさほど役立つことは書かれていないようだった。

「元々グリアンはいくつかの島国が統合して出来た連合国家だ。要するにグリアンの貴族のいくつかは元は小国の王家だったわけ。今も当時の小国だったころの感覚が残っていて国内にはいくつも派閥《はばつ》がある。しかも、非常に細かくて面倒臭《くさ》い」

「聞いたことがありますわ」

それぞれの領主はかつて小国の王だった。だからこそ王家は絶対の君主でなくたまたまその時王座にいる一領主という感覚なのか、気に入らなければ倒して成り代わろうと幾度《いくど》となく内乱が起きていた。

強く彼らを納得させるだけの力がある王でなければ、国内がまとまらないということだろう。

「……派閥、というのは今も解消されていないのですか？」

「現状では大きな派閥三つに固まってきていてね。それぞれ超絶仲悪い状態で落ち着いてるらしい。ウイリアム王はその派閥のどれかを贔屓《ひいき》するわけにいかないからと、最初の王妃は最大派閥の貴族から迎えた。ところがその妃《きさき》が一年もしないうちに亡くなった。二人目の王妃は別の派閥から迎えると、また亡くなった。その繰り返し。となると呪《のろ》いの正体はわかりそうなものじゃない？　だって全員が自分たち以外の派閥から迎えた妃に世継ぎを産まれると嫌なんだろうから。二周する前に気がついて良かったんじゃないかな」

三つの派閥、それぞれから順番に王妃を迎えて……ということは、他の派閥出身の王妃が世継ぎを産んだら困るから対抗する派閥の者が暗殺したのだと考えられる。それではますます派閥の関係が悪化するはずだ。

「……つまり呪われた王という噂《うわさ》は……」

「王妃を暗殺した連中がウイリアム王本人を貶《おとし》めるために流した作り話だよ。そして繰り返される妃の死は派閥同士が争う火種になる。つまりウイリアム王にとってはどちらも自分の地位を危うくする因子だ」

暗殺したのが本当に対立派閥の仕業《しわざ》かどうかもわからないが、五人もの妃が時期を置かず亡くなっているのは不自然だと誰しも考えるだろう。そうなれば派閥同士が疑念を向け合って国内は荒れる。

さらに呪いという言葉でウイリアム本人の資質を疑うような噂が流されているのでは……。

ウイリアム王の立場は盤石《ばんじゃく》とは言えないのかもしれないわ。だからこそ外国から妃を迎えることで派閥争いを落ち着かせる目的もあるのかも。

「ではグリアン国内には王位を狙《ねら》っている方々がいるのですね」

「まあね。それは大貴族だけじゃない。ウイリアム王には二人の腹違いの弟がいる。その母君も政治的野心を隠していない」

ウイリアム王の母は彼を産んですぐに亡くなったらしい。そして王位を狙う異母弟たちと大貴族たち。彼が迎えた妃は次々に亡くなっている。世継ぎはいない。

……ウイリアム王には味方がいるのかしら。

そう思うとアニアは不安になってきた。

「それでは、もしリザ様が嫁いだとしたら危険ではないのですか？」

ジョルジュは大きく首を縦に振る。

「そういうこと。だから彼らの狙いをつきとめたいんだ。まあでも、君ならできるんじゃない？」

そんな適当な。けれど、アニアの答えは一つしかなかった。

「……できるかどうかではなく、しなくては、と思いますわ。だってわたしはリザ様にはお幸せになってほしいんですもの」

アニアは握《にぎ》った拳《こぶし》を包み込むようにして手の震えを押さえつけた。

そう、できることはしなくちゃ。

いくら陛下がご決断なさることでも、少しでもよい判断をしていただくための情報を増やさなくては。

リザ様の嫁ぎ先としてふさわしいかどうか、陛下にわかっていただけるように。

たとえ政略結婚でも、少しでもリザ様が幸せになれるところが選ばれてほしい。

だってあの方はわたしのことを大事な友だと言ってくださったのですもの。友人の幸せを願うのは当然なことだわ。

ジョルジュの部屋から出たところで、侍女がアニアを呼びに来た。特使の一人であるロビンの体調が悪そうに見えるという報告だった。

「ローダム卿《きょう》に知られたくないとのことでしたので、今は広間で休んでいただいていますが、どうしても医師の診察はいらないとおっしゃられて」

「旅のお疲れかしら。わたしからもお話ししてみましょうか。何かさっぱりするような飲み物を用意しておいて」

アニアはそう言って広間に向かった。

確かに旅の当初からロビンは顔色が悪かった。食も細いので気になってはいたが、エルドレッドが心配ないと言って関わらせてくれなかった。

自分の部下の体調が悪いのに治療させないとか、どういうことなのかしら。

長椅子でぐったりしているロビンを見つけて、アニアは話しかけた。

「ロビン様、お加減が悪いのでしたら寝室で休まれてはいかがですか?」

「……いえ、主《あるじ》に心配をかけたくないのです」

歳格好はアニアよりも少し上だろうか。口数も少ないし、こちらを警戒しているようにも見えた。

何とか起き上がって椅子に座り直すと、ロビンはアニアに真剣な目を向けてきた。

「主には黙っておいていただけますか」

「それは構いませんけれど、それなら、わたしがお話に誘ったことにいたしましょうか?」

アニアはそう言って飲み物を差し出した。

「レモン水です。少し水分を取った方がよろしいわ」

「……ありがとうございます」

アニアはロビンの手をじっと観察して、ふと気づいた。薄く小さな手のひら、手首も細い。

「……あの、もしかして、ですけれど。ロビン様は女性ですか？」

アニアの問いに相手は目を見開いた。

「なぜ……？」

アニアは一瞬答えに迷った。

自分が書いている小説に男装の麗人を登場させたりしていたから、ロビンを見てうっかりとそんな妄想をしてしまったとは……言えるはずがない。

だから、なるべく落ち着いた口調を装うことにした。

「いえ、最初から男性としては華奢《きゃしゃ》だと思っていましたから。それ以上詮索《せんさく》するつもりはありませんわ」

男装して従者として仕《つか》えるのには何か事情があるのだろうけれど、相手が警戒しているのだからこれ以上は訊《き》かない方が良いかもしれない。

「ありがとうございます。道中の護身のためなので、大層な理由はありません」

「確かに、船乗りは男性ばかりですものね。もし何か女性としてお困りなことがありましたら、力になりますわ。殿方は女性の身体の変化に気づかないことが多いでしょうし」

そう申し出ると、ロビンはふわりと微笑んだ。

「ありがとうございます。クシー女伯爵様。おかげで少し気分が楽になりました」

それなら良かったと思っていると、いきなり扉が開いて、灰色の髪の男が入ってきた。

「……ここにいたのか」

彼はアニアと話しているロビンを見て、ほっとしたようだった。どうやらこちらの護衛の男はロビンの体調が悪いことに気づいていて探していたのだろう。

「お話を聞きたくてわたしが引き留めてしまったのですわ。どうかお咎《とが》めにならないでくださいね」

そう言ってアニアは先に立ちあがると、ロビンに手を差し伸べた。

それを見てアニアがロビンを庇《かば》ってくれたことを察してか、男は黙って一礼した。

並んで部屋を出て行く二人を送り出してから、アニアはふと考えてしまった。

あの三人の関係性ってどうなのかしら。護衛の男がロビンと恋人とか？　けれどそれならわざわざ異国まで連れてくるかしら。

だったらエルドレッドとロビンが恋人で、あの灰髪の男はロビンに密《ひそ》かに思いを寄せているとか？　……何となくしっくりこない。

どちらにしても体調が悪いのを隠さなくてはならないとかないわ。そもそも、危険な船旅に女性を連れてくるのならちゃんと守るべきではないかしら。

……とにかく、彼がそこまでロビンを気にかけていないのなら、わたしが気をつけるしかないわ。

主であるエルドレッドに対する苛立《いらだ》ちを感じながらアニアは心に決めた。

＊　＊　＊

控《ひか》えめなノックの音にリザは顔を上げた。

ティムを遠ざけて寝室で物思いにふけっているうちにずいぶんと時間が経《た》っていたらしい。部屋に差し込む窓の影が長くなっていた。

「殿下。ポワレ宰相《さいしょう》がお目にかかりたいと、お見えになっていらっしゃるのですが」

女官の声にリザは少し戸惑った。何か火急の用があるのだろうか。

「こちらに来るのは珍しいな」

宰相は平民上がりという経歴で、最近叙爵《じょしゃく》してパクレット伯爵を名乗ることとなった。が、本人がそう呼ばれるのを嫌がるので爵位ではなくただのポワレで通っている。

丸々とした樽《たる》のような体型の人なつっこそうな風貌の男だが、抜け目のない切れ者と名高い。ただ、野心とは縁がないらしく王族にことさらに取り入ってはこないので、リザの部屋にまで一人で訪ねてくるのは珍しい。

リザが様子を見に行ってみると、時間つぶしのつもりなのかポワレはチェス盤《ばん》をティムと囲んでいた。緊張感の欠片《かけら》もなく楽しげな二人に、リザは力が抜けそうになる。

「いやー。さすがにマルク伯爵はお強いですな。さっぱり歯が立ちません」

……まさかティムより弱い奴《ヤツ》がいたとは。なぜこんなところで最弱を決める戦いをしているのだ、こやつらは。

しかも盤上を見れば何をどうやったらこんな訳のわからない局面ができるのかという状態になっていた。彼らの戦いは手順すら見当がつかない。

リザがあきれ果てているのに気付いていないのか、ポワレはにこにこしながら自分の額をぴしゃりと叩く。どうやら用件を思い出したらしい。そそくさとこちらに向き直る。

「王女殿下、お休みのところ突然お邪魔して申し訳ございません。実は国王陛下からの伝言をお預かりしてまいりました」

「父上はどうしたのだ？」

「陛下はなにやら庶民的《しょみんてき》な服装でお出かけになられまして、その後王太子殿下が捕獲《ほかく》……いえお連れ戻しになって今は執務室に……」

また執務中に変装して何かしようとしたのだろうか。

リザはちらりとティムに目を向けると彼も困り顔で微笑んでいた。普段なら彼も国王が変装して出かけるたびにリシャールとともに捜索部隊を率《ひき》いているのだ。

「それで、伝言とは？」

「今年の贈りものは何がいいか考えておいて欲しい、と」

ああ、そろそろそのような時期か。

リザはそれを聞いて思い出した。ベアトリス王太后《おうたいごう》の誕生日が近いのだ。

前国王ジョルジュ四世の妃ベアトリスはリザとは血のつながりがない。リザの父は最初の妃の子で、ベアトリスはいわば後妻。彼女は隣国アルディリアの王女で、今のアルディリア王の伯母に当たる。

彼女は先代国王との間に王子を一人設《もう》けたが、その王子は二十年前リザの父と王位継承戦争を起こしたあげく、彼女の祖国である隣国アルディリアに亡命した。

ベアトリスは王位継承戦争の時はリザの父の即位を支持し、周りに担《かつ》がれて王位を主張する息子を諌《いさ》めた。それが認められて戦争の後も罪《つみ》に問われることはなかったが、国民からは国内の混乱を招いた王子の母だからとあまり良い感情を向けられていない。それもあって、現在は王宮を離れて王都郊外でひっそりと暮らしている。

リザの父は毎年彼女の誕生日が近づくと贈りものをしていた。先代国王が関わる行事では内々に王宮に招待することもある。義理であっても母として敬意を持って接しているらしい。

最初はリザの母が贈り物を選んでいたそうだ。だが、アルディリアと母の祖国ガルデーニャの関係が険悪になってからは周囲の目を気にして表向きはベアトリスと関わらないように振る舞っている。

それでリザが贈り物を考えることになった……という面倒ないきさつがある。

祖国が対立していても外から嫁いできた者同士、母とベアトリスは裏では仲がいいらしいこともリザは知っていた。

「そういえば、アニアから聞いたのだが、大通りに新しく化粧品を扱《あつか》う店ができたそうだな」

ティムに問いかけると心当たりがあるようで大きく頷いた。

「ええ。非常に質がいいと貴族のご婦人方にも好評のようです。特に花を模して作られた美しい色合いの石けんがとても人気だとか。特注すれば好きな花の形で作ってくれるという話でした」

「なるほど。それはよさそうだ」

リザは店の名前を聞いて書き付けるとそれをポワレに渡した。

「これを父上に」

「かしこまりました」

なにやら宰相は興味津々《しんしん》という様子でリザの渡した紙を見つめている。

「どうした？　ついでに奥方に何か買ったらどうだ？　何でもないときに贈り物をするのも夫婦円満の秘訣《ひけつ》だと聞いたことがあるぞ」

「そ……そのような公私混同は……」

どうやら、そんなに良い品なら妻にも、と内心で思っていたらしい。図星を指されたポワレは狼狽《うろた》えた様子であわてて否定する。

「父上がその商人を招いた時に一緒に注文すればいいだろう？　自分で支払いをするなら公私混同ではないぞ？」

ポワレが相当な愛妻家だという話はリザも聞き知っていた。しかも絶対に公《おおやけ》の場には連れてこないという。

けれど、奥方の話題を振ると目に見えて狼狽《ろうばい》するのが面白《おもしろ》いのでリザはことあるごとに引き合いに出して反応を楽しんでいた。

「そういえば、確かディアーヌ様はベアトリス王太后様の侍女をなさっていましたね」

ティムがふと思い出したように問いかけた。ポワレの妻ディアーヌはティムとアニアの義理の叔母に当たるらしい。なんでも先々代のクシー伯爵の養女だとか。そもそも貴族の娘が王族の側仕えをするのはめずらしいことではない。

「ええ。ほんの数年のことですが。王太后様には大変可愛《かわい》がっていただいたそうです」

ポワレは妻の話題が照れくさいのか焦《あせ》った様子で早口に答えた。

「そうなのか。それはいいことを聞いた」

リザはポワレに向き直った。

「ならばベアトリス様の趣味もわかっているのではないか？　次から贈りものを選ぶときはそ

なたと奥方に任せよう」

ポワレがぽかんとした顔をした。それから慌てて首を横に振る。

「滅相《めっそう》もございません。陛下が王太后様に贈られる品を選ぶなど、私のような者には荷が重いです」

「だがな。私もいずれはどこぞに嫁ぐのだ。ずっと父上の相談に乗ることはできぬからな。今のうちにそなたに押しつけておけば安心だろう」

「……今、押しつけるっておっしゃいましたね」

「いや、そなたに引き継ぐということで」

リザはベアトリスとはさほど面識があるわけではない。義理の祖母ということもあって、年に一、二度顔を合わせるくらいだ。

「なにしろ父上といい兄上たちといい、女性に気の利《き》いたものを贈れるような性格ではないからな。せめて馬鹿馬鹿しいほど派手な宝石などを贈ったりしないように監視しておいてくれ」

自分が嫁いでしまったら、彼らが何を選ぶのかわかったものではない。

社交界とは無縁で静かに暮らしている人に派手な宝石やドレスなどを贈れば、なんの嫌がらせかと思われるだろう。

「……さようでございますか。しかし、殿下が嫁ぐにしてもすぐにという訳ではないでしょうから、そのように急がれる必要もないでしょう」

「グリアンの特使を待たせていると聞いたが。結論は早いほうが良いのではないか？」

「陛下はグリアンの情勢には関心をお持ちなのですよ。これを機にかの国に関わりたいと思っていらっしゃるのです。ただ、それを良く思わない人々もいますから、引き延ばすにも限度があるでしょう」

ポワレは穏やかに答えた。

「幸い当代のクシー女伯爵は異教徒への偏見のない方なので、将来のグリアンとの国交回復の際に仲介役を担《にな》っていただくことが期待されています。そのための関係を築いていただくという目的もあります」

「……つまりこれは私との縁談を決めるというより、アニアとグリアン側の顔合わせに近いということなのか？」

「もちろん条件が折り合えば縁談の話もあるでしょうが、まずはそこからでしょうな」

クシー領はかつてはグリアンを始めとする西方の島国との交易《こうえき》が盛んだったという。グリアンとの国交が絶えてからは商船のみの行き来はあるが規模は縮小されてしまっていた。

いずれ交易を復活させるなら、当代のクシー伯爵がグリアンの理解者であることを彼らに示した方が確かに話は通りやすい。

……だが、さすがに教会が黙っていないだろう。

リザの父は教会が政治にこれ以上の影響力を及《およ》ぼすことを望んでいないらしい。過去には教会の権力が肥大《ひだい》した結果、税金の二重取りのような状態が発生して民の生活を圧迫したあげく衰退《すいたい》した国もある。それは為政者《いせいしゃ》としては避けたい事態だろう。

それを行うのは容易《たやす》くない。教会は大陸の国々にその力を張り巡《めぐ》らせている。

グリアンが離反しても破門だけで済んだのは、大陸から離れた島国だったからだろう。だがオルタンシアは教会の総本部のあるラウルスとも近いのだ。

「私にとっては先の予定が立たぬのでいささか面倒だな」

「おや。殿下が予定をきちんと立てて行動なさるとは存知上げませんでした」

ポワレがしれっと言うので、リザは目を細めて問い返した。

「無礼な奴め。一度そなたの奥方と忌憚《きたん》のない話をしてもよいのだぞ？」

「……殿下にはご迷惑と存じますが、グリアンの件はこちらにしばしお任せいただきたく」

途端にかしこまってそう言うと、ポワレはそそくさと逃げるように去って行った。黙ってチエス盤を片付けていたティムがそっと告げてきた。

「あまり宰相閣下《かっか》を苛《いじ》めてはいけませんよ、殿下」

「わかっておる。だが、私にとっては人生の一大事なのだぞ。さっさと決めて欲しいものだな」

確かにポワレに言ってもどうにもならないのだから、ただの八つ当たりにすぎない。決めるのは父なのだし、その父の考えていることはリザにはまだまだ察することはできない。

どこに嫁がされるとしても覚悟はしているが、どこに嫁ぐのかが決まらないと学ばなくてはならないことが無駄に増えるから困るのだ。

本当にグリアンに嫁ぐならまずは言葉の勉強からしなくてはならない。

ティムはそれを聞いて困ったような顔をした。

「では、こっそり書庫にでも行きますか？　お供させていただきます」

「……いいのか？」

「ええまあ、先ほどからあまりに退屈なさっているので……」

そう言いかけてティムがリザを素早く引き寄せて窓から離した。同時に開いていた窓から数本の矢が射込まれてきた。

何故《なぜ》こんな場所に矢が飛んでくる？

リザは矢が飛んできた方角に見当をつけて、背筋に冷たいものが走ったような気分になった。どう考えてもこれは王族の住居区画に近い場所から射られている。

「申し訳ありませんが、リザ様。書庫行きは少し控《ひか》えたほうが良さそうです」

すぐに部下を呼んで射手を追うように指示すると、ティムは椅子の背に刺さった矢を見据《みす》えながら言った。

「そうか。……どうせきちんと狙った訳ではないだろう。ただの脅《おど》しか？」

リザは頷いて腕組みをした。命を狙われるのは別に初めてではない。だが、このような直接の攻撃は初めてだ。しかも王宮の中からとは。

「一国の王女を脅すだけでも重罪です」

ティムは幾分硬い口調でぽつりと答えた。

「しかもこの角度ならば、ごくごく近い場所から射てきたと思われます」

「そうであろうな。かようなことが起こりうるからそなたは私の所に寄越されたのだろう？」

リザはそう言って窓から一番離れた椅子に腰掛けた。ティムは先刻リザを怒らせたことを思い出したのか、すぐにリザから気まずそうに目線を外した。

「いい加減白状してもいいのだぞ？　女官長のことといい、隠しごとはさっさと吐き出した方が楽になるものだ」

ティムはリザの視線に耐えかねたのか、片手で顔を覆《おお》うと観念したように溜め息をついた。

「何となくリザ様がアニアと似てきたような気がします」

「では話す気になったのか？」

「というより、女官長がただの腹痛ではないことはもうお気づきなのでしょう？」

「まあ、あの女官長が腹痛くらいで休むわけがないからな。……誰にやられたのだ？」

「実行者はすでにわかっています。新入りの侍女でした。彼女の歓迎を兼ねて数人でお茶を一緒に飲んだそうで、その際に薬を入れたと」

リザは言われてみれば、と記憶をたぐり寄せた。女官長が休む数日前に新入りの侍女が何人か入ったと聞かされた。まだリザは顔を見たことがなかったのであまり気にしてはいなかった。

「……何故女官長が狙われる？　背後は調べたのだろうな？」

ティムは静かに答えた。

「身元は確かなものでしたが、その侍女はラウルスの教会総本部のミサにわざわざ参加するほどの熱心な教会の信徒でした」

「……やはり、ラウルスか」

リザが呟くとティムは小さく頷いた。

「以前王太子殿下にラウルスの公女殿下との縁談があったのは覚えていらっしゃいますね？」

「ああ、あれは正式に断ったはずだ」

ラウルスはオルタンシアの東にある小国で、古い歴史を持つ。神聖教会の総本部があることから自分たちを神に認められたもっとも重要な国家だと自認している。

まあ、内情は教会にほとんど政治を握られていて、当主であるラウルス大公には実権がないらしい。だからこそ娘をオルタンシアの王太子妃にと狙っていたのだろう。

ただ、こちらにはほとんど利のない縁談であるし、ラウルスはアルディリアとも関係が深いことから断ったのだ。かつて王位継承戦争を起こしたリザの父の弟、ルイ・シャルル王子がラウルス経由で亡命したのもわかっている。

リザの父は、ああしたどっちつかずの国の者を次期国王の妃にはしたくない、と言っていた。

「そうです。ただ、あれ以来ラウルスは我が国に対して疑念を抱いていたようです。いずれオルタンシアは教会に逆らうつもりではないかと神聖教会に報告までしています」

「馬鹿馬鹿しい。縁談を断ったことを根に持っているだけではないか。ラウルスと距離を取りたいならそもそもジョルジュ兄上を留学させたりはしないだろう」

リザの次兄であるジョルジュは、つい最近までラウルスの大学に留学していた。縁談を断った直後くらいに留学を終えて帰国したが、その時期も重なって疑いを大きくしたのかもしれない。

「……ですが、ラウルスが神聖教会との繋《つな》がりが強い国だというのは間違いありません。大司祭に選ばれるのはラウルス人に限られていますから」

「それを自慢するからあの国の者は好きになれぬのだ」

リザとしてはラウルスにはあまりいい印象はない。実の祖母は確かにラウルス人だったが早くに亡くなったので、父もリザたちも影響を全く受けていないこともある。

今までリザが会ったラウルス人たちは教会の権威《けんい》を笠に着て、自分たちが神の栄光に一番近いのだという物言いをしていた。

「それで女官長をまず狙ってきたというのか。教会に逆らうなという警告のつもりか」

「それもありますし、女官長は王宮の奥向きの人事に関わっていらっしゃいますから、おそらくは女官長を辞めさせることで教会の手駒《てごま》になる者をリザ様や王家の方々の側に送り込むのが目的だったのでしょう。幸い女官長が口にした薬は微量でしたので、大事にはいたりませんでした。近いうちに復帰なさるでしょう」

「それは幸運だったな。気づいてくれてよかった」

リザが頷くと、ティムは困惑したような複雑な顔をした。

「ええ。『お茶会のとき、自分を見るその新入り侍女の目が期待と高揚感《こうようかん》が入り混じった、まるでリザ様が悪戯《いたずら》をしかけて来る時のものにそっくりでした。ですからあまり食べ物や飲み物を口にしないように心がけたのです』とのことでした。命拾いしたのはリザ様のおかげだとおっしゃってましたよ」

「どういう意味だ。全く褒《ほ》められた気がしない」

というより、彼女はリザの表情で悪戯を判別していたのだと知らされて、苦笑いするしかなかった。

「まあ、結果として人の命を救ったわけですから、リザ様の功績かと」

「どこがだ？　それで女官長を殺せなかったからと、今度は私に矢を射かけてきたのか？」

「今弓を射た者を手配中ですが、その可能性は高いでしょう。近衛からの報告では王宮内で他にも不審な行動をしている者を捕縛《ほばく》して尋問《じんもん》しているそうです。……教会側はグリアンからの特使の件を聞きつけて、標的をリザ様に移したと思われます。グリアンとこの国が結びつくことは彼らにとって許しがたいことでしょうから」

「それで私に部屋から出るな……か」

グリアン人たちは王宮から少し離れた小離宮に滞在している。

ジョルジュが指揮《しき》を取っているからには警備に抜かりはないだろう。性格はともかく仕事の手腕は信用できる。おそらくグリアンの特使の周りに配置されている者には彼らへの偏見が少ない者が選ばれているはずだ。

だからリザに対して脅しを仕掛けてきたのか。

「……そうです。捕らえた者たちは一様に『神の啓示だ』としか言わないのです。それだけでは教会の関与があったのか、ラウルスが仕掛けてきたのかわかりません。しかも全員王宮に入ったときの背後関係に不審な点はありませんでした。宗教が動機なら、損得が絡まないだけに誰が怪しいのか判別するのは難しい。誰がリザ様の敵に回るかわからない事態なのです。ですから陛下からあなた様にお話しすることは控えるように命じられていました」

確かに熱心な教会の信徒など珍しくもない。それで全てを疑ってかかることはできないし、いちいち疑っていては気鬱《きうつ》になりかねない。

「まだ現時点では教会側も熱心な信徒が勝手に暴走しただけだと言い逃れができます。ならば裏が取れるまでとことんあちらに行動を起こしてもらうしかないのです。その間リザ様の身の安全につきましては力を尽くさせていただきます。ご不自由だとは思いますが、今しばらくは……」

……つまり、グリアン人たちを滞在させているのは、オルタンシアに介入しようとしているラウルス公国もしくは教会の陰謀《いんぼう》をあぶり出すためなのか。父上もお人が悪い。

教会側は、この国が教会と距離を置こうとしている疑惑と、さらにグリアン王とリザの縁談が持ち上がっている事態に焦っているはずだ。

このままではグリアンのようにオルタンシアも破門しなくてはならなくなるかもしれないと。

ただ、オルタンシアは大国で国内に抱《かか》える教会の数も大陸一だ。それを全て排除すれば彼らにとっての大きな資金源が失われることになる。だからこそ警告を繰り返して国王の考えを改めさせようとしているのだろう。

リザの父はこの件に教会側が関わっている証拠を掴んで、干渉《かんしょう》を排除しようと思っているのかもしれない。

……少々悠長すぎないか。グリアンの特使たちにしてもいつまでも足止めをさせる訳にはいくまい。

それに現状狙われているのはやはり私ではないか。そういう面白……いや、大事なことを説明してくれないなど、許しがたい。

ならば、今度は自分が主導権を握ってやろう。リザはそう考えた。

ティムの顔を見上げて、腕組みをする。

「だが今のままでは守りに回りすぎている気がするのだ」

「まあ、そう思われても仕方ありません。まだ証拠がないので表立ってラウルスや教会を批判することはできませんから」

王宮内に出入りする人間は下働きを含めれば数千どころではない。その中に教会の熱心な信徒がどのくらいいるのか。

このまま標的になっている自分が王宮の中にいたのでは、誰が敵になるかわからない。

「……では王宮から奴らを引っ張り出せばいい」

何もしなければこのまま時間が経つだけで、自分の将来も決まらない。

「それができれば苦労はないのです。誰が教会の狂信者なのかわからないのですから。……って待っててください。引っ張り出す……って何をなさるのですか？」

ティムが訝《いぶか》しげに問いかけてきた。リザがまた危ないことを思いついたのではないかと疑念を抱《いだ》いているようだ。

まあ、それは当たっているのだがな。

リザはそのまま机に向かうとペンを手に手紙を書き始めた。

「囮《おとり》になる者が王宮で動かぬのでは奴らを燻《あぶ》り出すのが困難だ。王宮内は人が多すぎる。だったら私が外に出れば良いのだ」

「……リザ様、一体何を企《たくら》んでおいでなのです？」

さすがにアニアの従兄だけあって簡単には動じない。そっとリザの隣に来て手元を覗き込む。

「……あの……これは何のご冗談で？」

手紙の冒頭を見て、ティムは水色の瞳を瞠《みは》って問いかけてきた。リザは書き終えた手紙をティムに差し出した。

「なかなかよく書けていると思わぬか？　やはりアニアの小説は社会勉強になるな」

手紙は国王宛てになっていて、内容はアニアの小説に出てくる姫君が望まぬ男との縁談から逃れようとして書いたものを手直しした。だからティムにも見覚えがあるはずだ。

ティムは手紙に最後まで目を通してから、その真意を確かめるようにリザに目を向けてきた。さすがにいつもより顔が強《こわ》ばっているように見えた。

そこでリザは立ちあがると腰に手を当ててふんぞり返った。

「ティモティ・ド・バルト、そなたはこれから私と駆け落ちするのだ。光栄に思うがいい」

さあ驚け、と言わんばかりにティムを見上げると、彼は額に手を宛てて痛みを堪《こら》えているような表情ですっかり固まっていた。

5

豪奢《ごうしゃ》な装飾が施《ほどこ》された小離宮の階段を上《のぼ》りながら、アニアことクシー女伯爵アナスタジアは正面の必ず目に入る場所に飾られた大きな肖像画を見上げた。

そこには栗色の髪と青い瞳の女性が描かれている。華奢《きゃしゃ》な身体に重いのではないかと思えるほどの宝石を身につけ、繊細《せんさい》なレースをふんだんにあしらったドレスを纏《まと》っている若い女性。

この離宮はオルタンシア王国先代国王ジョルジュ四世が愛人と過ごすために建てられたのだという。

……だけど、その離宮に王妃の肖像画を飾らせるのはどうかと思うわ……。

肖像画の女性は、ジョルジュ四世の妃《きさき》ベアトリス。二人目の妃なので、今の国王ユベール二世とは血縁はないが、王太后の称号を与えられて現在は王都郊外で暮らしている。

王に誘われてここに来た愛人の方はこの肖像画を見てさぞや居心地が悪かったんじゃないかしら。それとも、自分もいつかこのような華《はな》やかなドレスを買っていただけると野心を煽《あお》られたのかしら。

王侯貴族の結婚はほとんどが政略的なものだとはアニアも知っている。たとえ政略結婚でも迎えた相手を大事にしている人はいるだろうし、ジョルジュ四世のように愛人の名前を並べると帳簿一冊になるくらいの人もいる。

今、アニアにとって大事な友人であるエリザベト王女に縁談が持ち上がっている。申し込んできたのは西の海を挟《はさ》んだ向こうにあるグリアン王国で国王ウイリアムの六人目の妃に迎えたいという。アニアとしてはお相手の経歴に不安しか感じない。

そして、ウイリアム王の書状を預かってきた特使たちが今、この離宮に客人として滞在している。

「ご依頼の書物をお持ちしました」

アニアが特使たちの部屋を訪れると、部屋の真ん中に退屈そうに座っていた長身の男がこちらに顔を向けた。鮮やかな赤髪と濃青色の瞳、そして顔を斜《なな》めに横切る大きな傷跡が目を引く。

グリアン国王の特使、エルドレッド・ローダム。ただし、アニアはその名前が彼の本名でないと気づいてからは、より注意深く観察するようになった。

ローダム家はウイリアム王のつい二ヵ月ほど前に亡くなった五人目の妃の実家なのだという。わざわざその名前でこの国を訪れる意図は何なのか。

どのくらいこちらがグリアンのことを知っているか試すつもりなのか、それともそれに気づいてこちらがどう出るか見ているのか。

これが物語の中ならば、偽名を使って特使として異国に潜入する謎《なぞ》の男……という展開にわくわくするかもしれないけれど、現実だと戸惑うしかないわ。

「お手数をかけました」

彼の傍《かたわ》らにいた華奢な金髪の従者が歩み出て、アニアから本を受け取った。ロビンと呼ばれているその青年がエルドレッドの世話を全て引き受けている。侍従兼通訳のような役目らしい。

「ただ、あまり楽しくない読み物かもしれませんわ」

「かまいません。ウイリアム陛下のことをこの国の民がどのように考えているのか知りたいと思っただけです」

エルドレッドはそう言って微笑《ほほえ》んだ。

アニアが彼に頼まれたのは、ウイリアム王について書かれているこの国の書物を取り寄せることだった。

ウイリアム王は『呪われし国王』と呼ばれている。彼が今まで迎えた五人の妃と全て死別したことから、そのような想像をされてしまったのかもしれない。

グリアンはこの大陸ほとんどの国が信仰している神聖教会から破門された国だ。なので、異端の王の話は脚色されていて非情に残虐《ざんぎゃく》なものから聞くに堪《た》えない下世話なものまで様々に語られている。

教会は暴力的だったり扇情的な内容の読み物は禁止しているけれど、破門された者に関するものについては容認する傾向がある。刺激的な内容に人々は飛びつくし、それによって教会に逆らった者の末路を宣伝できる……と利用しているということだろうか。

確かに破門された者が酷《ひど》い目に遭《あ》うというお話は教会側には都合がいいでしょうね。想像力逞《たくま》しいアニアでさえ、これはない、と思うようなうんざりする内容の書物もあったりする。

……なるべく大人しめの本にしたけれど、それでもあまり快《こころよ》いものではないはずだわ。

「ところで、先ほど庭に出ていらしたようですね」

どうやら中から見ていたらしく、そう問いかけられた。

「ええ。よろしければお庭をご案内しましょうか」

「そうですね。……待つだけというのも退屈ですからね」

エルドレッドが意味ありげに溜め息をつく。

アニアはグリアンの言葉がわかることを理由に国王から彼らの案内役を命じられていた。

この離宮は王宮から離れた人気《ひとけ》のない静かな場所に建てられている。

それでも異教徒である彼らの素性《すじょう》が知れれば何が起きるかわからないから、自由に行動させるわけにはいかない。

熱心な教会信者ほど異教徒を排除しようと考える。彼らに直接危害を加えようとするかもしれない。グリアン人は『悪魔に魂《たましい》を売った怪物』なのだ。

なるべく警備兵を見えないところに配置して、窮屈《きゅうくつ》さを感じさせないようにとは配慮《はいりょ》してきたけれど、ずっと部屋にいるのは楽しいことではないだろう。

「まあ、あなたのような立場の方に愚痴《ぐち》を言ってもどうにもならないでしょう」

エルドレッドはそう言って椅子の上で尊大に足を組んだ。

……確かにその通りなのだけれど。

この方は言葉は丁寧にしていても時々態度が大きくて威張《いば》り慣れているように見える。それともグリアンではこういう振る舞いが普通なのかしら？

アニアはそう考えながらも表情には出さなかった。

「そうだ。あなたに教えていただきたいことがあった。エリザベト王女殿下はどのような方なのか、お人柄《ひとがら》などを色々とお聞きしたいと思っていたのです」

「殿下のことですか？　でしたらメルキュール公爵の方がお詳《くわ》しいとは思いますけれど」

この人は何を聞き出そうとしているのかとアニアは戸惑った。アニアの王宮での立場は文書管理係の文官とだけ話してある。

「そのメルキュール公爵のお話では、あなたは王女殿下のお気に入りだとか。でしたら色々ご存じなのではないのですか？」

一体何を話してくれたんですか。

アニアは今この場にいないメルキュール公爵ジョルジュを問いただしたくなった。

確かに文官になる前はアニアはリザことエリザベト王女付きの女官だった。光栄にも愛称で呼ぶ許しをいただいている立場だ。

けれど、そもそも人柄云々《うんぬん》を言うならジョルジュの方がよっぽど詳しいだろう。なにしろ彼はリザの実兄なのだから。

「以前王女殿下にお仕《つか》えしていたことはありますわ。その時のことでしたら……」

「ええ。もちろんそれでかまいませんよ」

アニアが今までリザのことを口にしなかったのにはちゃんと理由がある。彼らはそれをもったいぶって隠していたと思っているのかもしれない。

「……あの……」

アニアはできるだけ穏やかに相手に微笑みかけた。

「わたしに殿下のことを語らせるのならば、覚悟が必要なのですが……」

「覚悟……ですか？」

戸惑ったように問いかけてきた男に、アニアは両頰を手のひらで覆《おお》ってこみ上げる感情を抑《おさ》え込《こ》もうとした。

「わたしにとって、あの方は素晴らしい女主人です。あの方のことを余すところなくお話しするには、いくら時間があっても足りないくらいです。……今まで周りの者や従兄《いとこ》に長時間まくし立てて相手が疲れるまで話し続けてしまって……それで、少し反省しましたの」

リザの美しさと賢さ。気丈《きじょう》で逞《たくま》しいこと。王女としての自覚。本について語り合った日々。全部を語り尽くすとしたらどれだけかかることか。

今までもリザのことを話し出したら時間を忘れてしまって、気づいたら日が暮れていたなんてこともある。だから最近はアニアの家令や侍女《じじょ》たちはうかつにリザの話を振ってこない。

いやー、アニアにリザ様のことを語らせるには覚悟が必要だね、と従兄のティムだけは最後まで聞いてくれた上で笑ってそう言った。

それで前もって説明しておくことにした。

「今からでしたら、もしかしたら徹夜《てつや》になってしまうかもしれませんけれど、よろしいでしょうか？」

アニアが真顔で言うのを見て、相手はさすがに怯《ひる》んだようだった。いくらこの離宮で待機しているだけで時間があるとはいえ、それは無理だと思ったのだろう。

隅《すみ》で控《ひか》えている従者たちも驚いて顔を引きつらせているのが目に入った。

「あ……いいえ。さすがにそこまで本気を出していただくのは申し訳ない。あなたがそこまで心酔《しんすい》するような素晴らしい方なのはわかりました」

「そうですか。残念ですわ」

アニアはにこりと笑いかけた。

「そうですわ。もしよろしければグリアンのことをお話ししてくださいませんか？」

相手がわずかに警戒するような目になった。彼らが隠しごとをしているとアニアは知っている。けれどそれをまだ気取《けど》らせるわけにはいかない。

それに、アニアには確かめたいことがあった。亡くなったアニアの祖父は若い頃グリアンに留学していた。その当時のことが知りたかった。

「……どのようなことをお知りになりたいのですか？」

アニアは相手の顔をじっと観察した。

「グリアンの先代国王リチャード二世陛下は、どのような方でしたのでしょう？」

「……え？」

てっきりグリアンの現状を訊《き》かれると構えていたのだろう。拍子抜けしたように一瞬表情に隙ができた。

「先々代のクシー伯爵がグリアンに留学していたことがあったと聞きましたので。その当時のことに興味がありますの」

先々代、と呟いてからエルドレッドが大きく頷いた。

「ああ、エドゥアール殿ですね。私も王立大学に通っていたのですが、いろんな意味で前例のない留学生だったと今でも語り草になっています」

「……いろんな意味で……ですか」

やっぱり。普通の留学生だったはずはないわね……。さすがお祖父様《じい》。

アニアの家令が探し出してくれた祖父の留学時代の忘備録に書かれていたのは教授たちに仕掛けた悪戯《いたずら》の数々だった。本当に勉強していたのか疑問に思うほどだった。

悪ふざけに一緒に参加した学友の名前も頭文字《かしら》で書き込まれていた。

「当時まだ王太子だったリチャード二世陛下も大学に在学していたので、教授たちの心労は計り知れないものだったとか」

世継ぎの王子が入学して気を遣《つか》っているところへ、悪戯好きの留学生が入ってくるなど、確かに教授たちは苦労しただろう。

「そうでしたの。同じ学び舎《や》にいらしたなんて、ご縁を感じますわ」

「そうですね。ただ、すぐに即位が決まったのでさほど長い間ではなかったでしょう。リチャード二世陛下は色々と人の予想を裏切るような手法で政《まつりごと》を行いました。あなた方からすれば教会から破門された異端の王かもしれませんが、今でも名君だと慕《した》われていますよ」

アニアは頷いた。先代国王は柔軟《じゅうなん》な思考の持ち主だったらしい。古い書物には即位直後から様々な改革に手をつけたと書かれていた。

「では、今のウイリアム陛下はきっと苦心なさっていらっしゃるのでしょうね」

「……どうしてそう思われるのですか？」

「父君が大きな改革を行った偉大な方でしたら、期待も大きいでしょう。とても難しいお立場ではないかとお察しします」

エルドレッドは目を瞠《みは》っていた。それから不意に満足げに微笑んだ。

「なるほど、確かに」

ただし、教会に逆らってグリアンが孤立するきっかけを作ったのもその名君と言われた先代国王だ。

今のグリアンは経済も内向きに限られ、様々な技術も遅れているはずだとアニアは考えていた。

クシー伯爵領の港に入ってきた彼らの船に物資を渡す際、造船技術者を同行させてその船をこっそり見てもらった。何かこちらに危害を与えるような仕掛けを施していないか確認する目的もあった。

結果、怪しい点はないがすでに我が国ではほとんど使われていない古い技術で造られている、と報告を受けた。

国交を断たれたことで自国が周囲から取り残されるのをウイリアム王が焦《あせ》っていても不思議ではないわ。

だからこそリザ様に結婚を申し込んできたのかもしれない。

……曇《くも》りのない目で彼らを見る。だったらまずは彼らが何を考えているのか知らなくては。

そして、どうして嘘をついているのか、それが知りたい。

そこへ扉を叩く音がした。焦った様子の侍女がアニアに客人がきていることを告げた。

「お急ぎのご様子ですので、どうか」

おそらく侍女は特使たちの前で名前を出すなと言い含《ふく》められたのだろう、とアニアは思った。そもそもここにアニアがいることを知っていて、内密に訪問してきたというのなら相手は限られる。

一体誰だろうと思いながらアニアはすぐに一階の広間に向かった。

その部屋にいた人は飛び抜けた長身と短く切りそろえた黒髪、猛禽《もうきん》のような鋭い金褐色《きんかっしょく》の瞳が特徴的だった。座るのも惜しい様子で腕組みをして立ったままアニアを待ち構えていた。

「……王太子殿下」

王太子リシャールは小さく頷いた。

「急に呼び立てて悪かった。ことがことだけに伝言にするわけにいかなかった」

「……何かあったのですか？」

普段から真面目《まじめ》なリシャールだが、さらに重々しい口調にアニアは緊張した。

「エリザベトがバルトと駆け落ちした」

「…………え？」

アニアは思わずまじまじとリシャールの顔を見上げた。

冗談……ではないわね。この方はそういう冗談をおっしゃる方ではないわ。

だけど……リザ様が駆け落ちとかありえない。まして、相手がティム？　全然想像がつかないわ。

望まぬ縁談から逃《のが》れるために手に手を取って駆け落ちする……などと恋愛小説のような筋立ては彼らには全く似合わない気がした。

エリザベト王女こと、リザは現実的な考え方を重んじる。文字が書いてあるものは何でも読むほどの無類の本好きではあるが、恋愛小説に影響されるような人ではない。

そしてティムこと、マルク伯爵ティモティ・ド・バルトはアニアの従兄に当たる。リシャールの側近として働いていたが、現在はリザの護衛になっている。

確かにアニアが王宮で働き始めてからリザとティムは言葉を交わすことが増えていたけれど、それでも駆け落ちを考えるような親密な関係とは思えなかった。

ティムは臣下《しんか》としての節度を守って一定の距離を取っていたように見えたし、リザも口調は砕《くだ》けてきても必要以上に打ち解ける様子はなかった。

ただ、二人とも打ち合わせたように同じ態度というのも今思えば少し奇妙だわ。過去に何かあったのかしら。

それでも、色恋沙汰《ざた》が絡んでいるような甘さがあるようには感じられなかった。

「あの……念のために伺《うかが》いますけれど、冗談では……」

「そうであって欲しいと思っているのはオレも同じだ。だが、形式的には間違いなく駆け落ちだ。馬術の練習の途中、馬で王宮の外に出て、部下をまいて逃げたらしい。部屋にはこれが」

そう言ってリシャールは一通の書状を差し出してきた。流麗《りゅうれい》な文字で署名がしてあるが、宛名が国王になっているのを見てアニアは受け取るのを躊躇《ためら》った。

「父上からはお許しをいただいている」

そう言われてざっと目を通したアニアは頭を抱《かか》えたくなった。

そこには如何《いか》にも装飾過多で詩的な文章が綴《つづ》られていた。

『父上。どうかどうか私のわがままをお許しください』

一文目からして、どう考えてもリザの書く手紙ではない。

……というより、これってまさか。

『忠実な教会の信徒として今回の縁談がとても恐ろしいものに思えます。いっそ修道院に入りたいのですが父上はお許しくださらないでしょう。この上は私の気持ちをわかってくれるマルク伯爵とともにどこかで静かに暮らしたいと思います』

というのが概要《がいよう》だ。それを読んでいるうちにアニアは羞恥でいたたまれなくなった。

「これを国王陛下に読まれたなんて……恥ずかしくてどこかに消えてしまいたい心境です」

アニアは手紙をリシャールに返しながらそう答えるのが精一杯だった。

リシャールがにこりともせずに頷いた。

「そなたも気がついたか。この手紙は『貴公子エルウッドの運命』の七章二節に出てきた文章とそっくりだ。しかも作中でも駆け落ちを偽装する展開だったはずだ。これでは真面目に駆け落ちをするつもりがあるのか疑わしくなる」

「それを言わないでください。というか、何故《なぜ》覚えてるんですか殿下」

真剣な顔で解説されて、アニアは顔が熱くなるのを両手で押さえた。

自分の文章を目の前で語られるなんて一種の拷問《ごうもん》ではないかしら。

リザの書いた手紙はアニアの小説の中に出てくる駆け落ちをする貴族の令嬢が書いた手紙を書き換えたものだ。確かに真面目な駆け落ちとは思えないけれど、真面目な駆け落ちというのも訳がわからない。

「……それではそなたもリザの行方《ゆくえ》は知らないのだな?」

問われてアニアは我に返った。

そうだわ。殿下が訪ねてきたのは小説について語るためではないわ。リザ様たちがどこに行ったのかお聞きになりたいからよね。

アニアはリザの元女官で、ティムの従妹《いとこ》。両方の関係者なのだから。

……って待って。この文章を使うってことは。

「湖に浮かぶ古城……ですわ」

リシャールはそれを聞いて、何かに思い当たったようだった。

「そうだったな。確か八章一節で駆け落ちをした令嬢が捕らえられる場所が……」

「ですから、なんでそこまで覚えてるんですか」

アニアが羞恥に耐えきれずに叫ぶと、リシャールは小さく吹き出した。

「覚えるまで読んだからな。……では、その方向で探ってみよう。当面は特使たちにも黙っておいてくれ」

「けれど、何故……駆け落ちなんて」

「……おそらくは刺客《しかく》の件でじっとしていられなかったのだろうな。バルトをつけておけば少しは大人しくしていてくれるかと思っていたのだが」

リシャールはそう言って事情をかいつまんで説明してくれた。

リザの部屋に矢が射込まれたと聞いてアニアは息が詰まりそうになった。

その直後、リザとティムは駆け落ちを装って騒ぎを起こしたらしい。

ということは、リザ様は刺客の正体を暴こうとしていらしたってことかしら。目立つ行動で相手を誘い出そうと?

ティムはおそらく巻き込まれたのだろう。彼は言うべきことは言うけれど、リザの行動を妨《さまた》げることはしないはずだ。

けれど、わたしがお側にいられなかった間にリザ様の命が狙《ねら》われていたなんて。

アニアの表情を見てリシャールは首を横に振る。

「そなたがそうしてエリザベトを気にかけてくれるのはありがたいが、気にしすぎるのはやめて欲しい。次に会う時はいつも通り友として接してやってくれないか？」

「……わかりました」

王族という立場には時に命を狙われる危険が伴《ともな》うのだろう。それを心配しすぎても同情してもリザには喜ばしいことではないということだろうか。

わたしにできるのは普段と変わりなく振る舞うことだけだわ。

「さて。ややこしいことになる前に二人を連れ戻しておかねばならん。……いっそついでにバルトの奴《ヤツ》がエリザベトを娶《めと》ってくれればことは簡単なのだが、多分今回もエリザベトがバルトを振り回しているだけだろうな」

「……ティムとリザ様が……？」

アニアは驚いて問い返してしまった。そんなことがありえるのだろうか。

もしリザが国内貴族に嫁《とつ》げばこの先も会うことができる。しかもアニアにとって大事な従兄と友人が一緒にいる。それはどれほど素敵なことだろう、と思う。

アニアが頭の中で忙《せわ》しく想像を巡《めぐ》らせる様子に、リシャールは口元を緩《ゆる》めた。

「近いうちに正式に公表されるが、父上は当代以降の王女にも王位継承権を与えるように王位に関する典範《てんぱん》を改める手続きを進めている。いずれジョルジュは王位継承権を返上することになっているからな」

「……そうなのですか？」

「本来ならジョルジュは公爵家を継いだ段階で王位継承者から外れる予定だった。外からしつこく王位を狙う者もいる状況だから、引き延ばしてきたのだ。だが、臣下がいつまでも特別扱《あつか》いなのは問題があると言う輩《やから》もいるから、いつまでもというわけにいかない」

実はオルタンシアの直系の王位継承権所持者はあまり多くない。先代国王には王子が四人いたが、うち二人は若くして亡くなっていて、残りの一人は継承争いに負けて隣国に亡命した。

そして現国王にはリシャールとジョルジュしか男子はいない。どちらも独身だ。今何かあったら亡命した王子が血統で王位を主張してくる可能性もある……。

「あの方が諦《あきら》めないかぎりは、殿下以外にも王位継承権を持つ王族を手元に残す必要がある……ということですか？」

つまりそれを牽制《けんせい》するためにも王女にも王位継承権を与えて、国内に留めておく必要があるわけだわ。

「そうだ。傍系《ぼうけい》王族から養子を迎えるということもできなくはないが、エリザベトとアルディリア王子の婚約が取り消しになったことで、父上がお考えを改めたのだ。改定後のエリザベトの継承権は二位だ。さすがに下手《へた》な相手を選ぶわけにはいかなくなる」

「それで国内貴族に……ということですわね。リザ様はこのことをご存じなのですか？」

政略結婚でどこかの国に嫁ぐのだとリザは自分を律していた。もし祖国に残れる可能性があるというのなら、きっと喜ぶだろう。

それにそうなればティムがリザの夫候補に挙がる可能性が出てくる。国王からの信頼を得ている独り身《ひとりみ》の貴族となるとさほど多くはないから。

「過度な期待をさせてはいけないということで、今までそのことを話していなかった。やっと発布《はっぷ》するところまでこぎ着けたから近いうちに父上から説明があるはずだ。驚かせたいからエリザベトには内緒にしておくようにとのことなので、オレからも言えない。そなたも黙っておいてくれ」

「まあ。重要機密ですわね」

アニアが思わず声を小さくすると、リシャールは重々しく頷いた。

「そういうことだ。……だが、バルトには無理強《じ》いできない事情があってな」

「そうなのですか？」

リザ様に、ではなくティムに遠慮する理由があるということかしら。

もしかしてティムの初恋の人発言？　それとも、何か他に事情があるとか？

それでも、リザが国内貴族と結婚する可能性があるだけでもアニアにとっては朗報だった。

「もしそうなれば素敵だと思いますけれど、お話だけでも嬉しいですわ」

リシャールはアニアの明るい表情に満足した様子で頷いた。

「では、オレは仕事に戻る。そなたもくれぐれも用心するように」

「かしこまりました。お気をつけて行ってらっしゃいませ」

アニアがそう言って一礼すると、リシャールが何故か少し困惑した顔をして、そのまま出て行った。

何かおかしなことを言ってしまっただろうか、とアニアは首を傾《かし》げた。そして、まるで家族にするようなやりとりをしてしまったことに気づいて、さすがに不敬だっただろうかと思わず頬を両手のひらで押さえた。

殿下はリザ様のことで忙しくなさっているのに、わたしときたら何をやっているの。

アニアはそれを振り切るように大きく頭を横に振った。

……きっと心配ないわ。リザ様はお考えがあって動いていらっしゃるはず。ティムも一緒だし、王太子殿下も動いてくださるのだからきっと大丈夫。

だって、普通の駆け落ちなんて、リザ様がするわけがないもの。

＊　＊　＊

ブルイヤール城、霧《きり》の城と名付けられた小さな石造りの古城は、湖の中の島に建てられている。湖に霧がかかるとまるで雲の上の天宮のように見えると言われていた。

かつては舟がないと渡ることができなかったそうだ。まるで監獄《かんごく》のようではないか、とリザはそれを最初に聞いた時に思った。実際に過去にはやんごとない身分の人を幽閉するために使われたこともあったという。

先代国王の妃、ベアトリス王太后はこの城を住まいにしている。さすがに王太后の住まいにしては不便ではないかと彼女が移り住む時に橋がかけられた。ただし本人の希望により、いつでも陸地と遮断《しゃだん》できるはね橋にされたが。

国民は彼女のことを王位争いを起こした王子の母だからと、今もあまり良い感情を持っていない。それがあるから彼女はそんな不便な場所を選んだのかもしれない。彼女は政治に口出しすることもなく、社交の誘いも全て断ってひっそりと暮らしている。

リザはこの血の繋《つな》がらない義理の祖母の潔《いさぎよ》さは嫌いではなかった。

「いくらなんでもグリアンは遠すぎるわ。けれど、わざわざ使いを寄越してきたのですからそれなりの扱いはしなくてはならないのでしょうね」

侍女とティーセットを奪い合いながらベアトリス王太后は嘆《なげ》いた。華奢で上品な雰囲気《ふんいき》の持ち主なのに、表情も動作もきびきびしている。

栗色の髪は束《たば》ねただけで、纏っている服もお仕着せと見まがうほど飾りっ気がない。まるで市井《しせい》の民のような簡素な姿は侍女よりも地味に見えた。

ベアトリス王太后の暮らしはとても慎《つつ》ましく質素で、使用人は最低限しか置いていない。夫であった先代国王ジョルジュ四世は派手好きだったが、彼女は華やかな生活があまり好きではなかったらしい。

「お茶くらい私が淹《い》れますから、ここは私に任せてあなた方は他のお仕事をなさい」

ついにはそう言って侍女を追い払うと手際よくお茶を淹れ始めた。

「……突然訪ねてきて申し訳ありません。ベアトリス様」

動きやすい乗馬服姿のままのリザはしおらしく一礼した。周囲はすっかり日が落ちて、人の家を訪問するにはいくらか無作法な時間だろう。

「いいえ。とても嬉しいわ。それにしても、縁談は女にとって一大事だというのに結論を先送りにするなんて、国王陛下も酷《こく》なことをなさるのね。だけど、今頃きっと慌てていらっしゃるわね」

口先だけではなくリザの訪問を本当に喜んでいるのが浮き立った表情でわかる。表情豊かで、リザから見ても愛らしい女性だ。

「父上にはちゃんと手紙を置いてきました。この人と駆け落ちすると」

「……殿下……それは……」

隣に座らされていたティムが雑に紹介されて咳《せ》き込《こ》んだ。

ベアトリスはティムに目を向けると小さく微笑んだ。

「あらあら。それで、こちらの素敵な殿方は？」

「マルク伯爵です。ベアトリス様にはエドゥアール・ド・クシーの孫だと申し上げた方がわかりやすいでしょうか」

ベアトリスが王宮を訪れるのは王族の非公式な行事のみなので、ティムは今まで彼女の姿を遠目に見ることはあっても直接話したことはないと、ここに来る前に聞いていた。

先代国王の寵臣《ちょうしん》だった宰相《さいしょう》エドゥアールは彼女との接点も多かったらしいのでリザには少々意外だった。

ティムは素早く立ちあがり一礼する。

「ティモティ・ド・バルトです。お目にかかれて光栄です。王太后陛下」

ベアトリスはそれを聞いて感慨《かんがい》深げにティムを見つめた。

「まあ。陛下からお話だけは伺っていましたけれど、あの方の孫がこんなに背が高いなんて」

「そうですね。祖父は小柄でしたから、会う人ごとにそう言われます」

穏やかに答えるティムに、ベアトリスは懐かしむように目を細める。

「確かもう一人のお孫さんも王宮で働いているとか。その方ともいつかお会いしたいわ。……そうそう、今朝《けさ》焼いたお菓子があったはず。持ってきましょうね」

話しているうちに菓子の存在を思い出したようで、ベアトリスは慌ただしく部屋を出て行った。

その様子にティムは戸惑った顔でリザに目を向けてきた。

「……ベアトリス様は、アルディリアの第一王女だったはずですよね」

言いたいことはなんとなく伝わった。王女というのは普通侍女から仕事を奪い取ったり自分で茶菓子を探しに行ったりはしない。貴婦人というのは白粉《おしろい》で顔色を悪く見せてか弱い様子を装って、自分では動かないものだ。

「気さくな方で驚いただろう？　ご苦労の多い立場であられたせいだろうな」

ベアトリスは母を早くに失った。その後母方の実家は権力争いに負けて失脚。すぐに王は次の妃を迎えたので、後ろ盾《だて》のない彼女は王宮の片隅に追いやられた。当時からあまり関係の良くなかったオルタンシアに嫁ぐことになったのもそうした立場のせいだろう。

嫁いできてからもアルディリア出身の妃に風当たりは強かったらしい。けれど、彼女は気丈に王妃の務めを果たしてきた。

その彼女の立場を悪くしたのが、息子ルイ・シャルル王子による王位継承戦争だ。彼はアルディリア本国とオルタンシアの一部の貴族にそそのかされ、王位を主張して内乱を起こした。

結局リザの父ユベール二世が勝利して即位したが、争いに負けたルイ・シャルルはアルディリアに逃亡した。争いの時、ベアトリスは一度も息子の行動を支持しなかったことから処罰《しょばつ》を免《まぬが》れた。

以降、政治の表舞台から引退した彼女は、今の生活を楽しんでいるように見える。

「今まであの方には波乱が多すぎたのだし、心穏やかに過ごしていらっしゃるのならいいではないか」

　この平穏な生活は、苦労してきた彼女がやっと手に入れたものだ。

　リザの母もガルデーニャから嫁いできたが、母の場合は新興国の出身だのと叩かれたものの結婚した時点では第三王子の妃という気楽な立場だったのでまだ良かったらしい。父の兄二人が亡くなって王妃という立場になったので、苦労したのはそこからだと言っていた。

　どちらにしても他国から来た妃というのは立場が難しい。

　そうした実例を耳にしてきたリザだったが、決して他人事《ひとごと》ではない。自分の努力だけではどうにもならないことは誰の身にも降りかかってくる。

　平穏無事に書物を読んで暮らせればそれで良かったのだが、先のことはわからないな。

「ところで……結局ベアトリス様のお城を訪れるだけなら、別に駆け落ちでなくても良かったのではありませんか？」

　ティムは小声で問いかけてきた。

　そう、これは『手に手を取って駆け落ちしてきた二人がベアトリス王太后に庇護《ひご》を求めて人目を忍んで訪ねてきた』という状況のはずだ。

　けれど現実はただのお茶会になってしまっている。ベアトリスもどうやら義理の孫が遊びに来てくれたとしか思っていないように見える。

　納得がいかないリザだった。

年頃の男女の組み合わせだというのに、どうしてそう見えないのだろうな。悲壮感《ひそうかん》が足りないのか？　これほど真面目に駆け落ちをしてきたというのに。

やはり、アニアの小説に出てきた恋人同士の甘ったるい空気感というのを真似るべきだったのか。だが、自分がやると想像しただけで胃もたれがしそうだったからな……。あれを思いつくだけでアニアを尊敬したくなった。

それでも、リザは普通の外出にするつもりは全くなかった。

「何を言うか。護衛を振り切ってでも出かけるとなれば口実がいるだろう。私がわずかな手勢《てぜい》で王宮の外に出たことが騒ぎになってもらわねば困る。ベアトリス様をただ訪ねるだけでは普通すぎて騒がれまい。駆け落ちだと言えば噂《うわさ》好きの連中が食いつくはずだからな」

「……ですが、あまり大きな騒ぎになってしまうとあとでリザ様の評判に差し障《さわ》ります」

ティムは心配げに顔を曇らせた。

「大丈夫だ。手紙を見ればどこに行くかわかるだろう。少なくとも意味がわからなかったら父上や兄上はアニアに問うはずだ。それにこの程度で揺らぐ評判など私は惜しいとは思わない」

リザの残してきた手紙には行き先は書いていない。けれど、あの文章を見ればアニアならわかってくれるはずだ。

わかってくれる人がいれば、どれほど騒がれ誤解されようとさほど気にはならない。

「それにこれで私の価値が下がるわけではない。政略結婚の相手が欲しいのはオルタンシア王家の血筋であって、清廉《せいれん》潔白な姫ではないのだ」

「……リザ様。そのようなことはおっしゃらないでください」

ティムは静かな口調ではっきりと告げてきた。

「なんだ。はしたないとでも言いたいのか？　皆そう思っているだろう？」

「皆というのは具体的にどなたですか？　あなた様に物のように値をつけることは誰にもさせません。この剣に誓《ちか》って、二度とそのようなことを口にできぬよう黙らせてみせましょう」

表情は穏やかではあるが、言っている内容はかなり物騒だ。

ここで誰かの名前を出そうものならそやつの命は長くない、と確信できそうなくらいに。

そうか、この男はこんな風に怒るのか。

そういえば、アニアも以前、私の悪口を言っている者たちに腹を立てていた。ティムも同じなのか。怒ってくれるのか。

リザは胸の中がほのかに暖かくなったように感じた。自然に口元に笑みが浮かぶ。

「そこまでせずともよい。私はそのようなことは気にしていないのだからな」

駆け落ちなどするふしだらな王女だなどと言われて評判が傷つくと言われても、アルディリアの王子との婚約が破談になった時点で傷はついている。リザはそう客観的に考えていた。そもそも評判などさほど気にしてはいない。

まあ、曰《いわ》く付きの王女相手ならあわよくば自分の妻に迎えられると思っている者は多いはずだ。オルタンシアは大陸西部では一番の大国だ。しかも周辺国といざこざを繰り返しているわけでもなく、国内はおおむね安定している。繋がりを持ちたい国は多い。だから縁談は増えてきていたはずだ。

なのに今でも縁談がまとまらないのは、父が止めているとしか思えない。理由があるのなら説明が欲しかったが、今の今まで何も聞かされていない。

グリアンの件も他の思惑《おもわく》が絡んでいるからと、結論を引き延ばされている。

私の将来なのにどうして何も知らされないままなのか。所詮《しょせん》はチェスの駒《こま》のように、行き先を自分で決めることは選べない立場だからか。

それならば少々騒ぎを起こしても構わないだろうと思ってしまった。自暴自棄《じき》になりかけていたのかもしれない。

ティムの言葉で、少し本来の自分に戻れた気がした。

「だが、そなたには想い人がいるのだと聞いている。もし誤解されてしまったら私からも弁明するから言ってくれ」

ティムには想いを寄せる女性がいる。

片想いとはいえ、相手に護衛している王女を勝手に連れ出すような男だと思われてはよくないだろうと、リザは話を振ってみた。

ティムは水色の瞳を見開いて、それから目に見えて狼狽《ろうばい》した。

「……一体誰がそのようなことをお耳に……」

「何を言うか。そなたは女性の誘いや縁談を断るときそう言っているのだろう。だから、とっくに皆知っているのではないか？　何なら私からその女性に一筆したためておこうか？」

「いえ。その必要はありません。もう誤解されることはありませんから」

それを聞いてリザは、もしかしてティムの好きな女性というのはすでに王宮を去ったか、亡くなった人なのではないかと想像した。

もしかしたら悪いことを訊いてしまっただろうか。

扉の向こうに足音が近づいてきたので、どうやらベアトリスが厨房《ちゅうぼう》から戻ってきたらしいと察して、リザはそれ以上問いかけることはしなかった。


最初に駆け落ちを持ちかけた時、ティムは何とか止めようとしていた。

「さすがに冗談では済まされません。リザ様のような賢明なお方がこのような軽率な行動をなさるとは……」

「誰も思わないからだ」

リザは即座に切り返した。

「自分で言うのもなんだが、私は社交の場にあまり熱心に出ていないし、殿方との交流も少ない。書庫の姫だの本の虫だの言われていることもあって、頭でっかちで面倒な女だと思われているのではないか？　それに下手な男が近づかないように兄上が睨《にら》みを利《き》かせているせいか、直接話しかけてくる殿方もいない。誰に聞いても駆け落ちするような親密な相手はいないはずだと答えるだろう。だからこそ、駆け落ちしたと言えば刺客たちの意表を突くことができる。奴《ヤツ》らは駆け落ちしたのならいずれ教会に逃げ込むと考えるはずだ。この件に教会が絡んでいるのなら奴らは好機と見るだろう。必ず何か動きを見せる」

リザは普段ふらりと王宮内を散策することもあって、警備の兵士たちと会話を交わすこともある。それでも彼女の周りには必ず隠れた場所から護衛がついているのだ。特定の男性との交流があればすぐに女官長を通じて父に報告されるだろう。

リザの知る世界は実はさほど広くない。王宮から出たのは数えるほどで、ほとんどの知識は書物で得たものだ。そんなリザが王宮から少ない手勢しか連れずに飛び出したとなれば、それだけでも騒ぎになる。

駆け落ちの目的は教会で結婚の誓いをすることではなく、リザを狙ってきた刺客を王宮の外に連れ出すことだ。

最近身辺で起きている事件の裏には神聖教会が絡んでいるらしい。大陸で最も信者の多い宗教であり、このオルタンシアでも国教となっている。

彼らはオルタンシアの国王ユベール二世が国政から教会の権力を排除しようとしているのではないかという疑念を抱《いだ》いている。かつてグリアン王国がしたように、自国で独自の教派を立てるつもりではないかと。

だから自分たちの権力を守るために、ユベール二世に対して警告に出てきたのだろう。

まず女官長が毒によって倒れ、リザにも矢を射かけられた。

狙ってきた矢の射手は見つけることはできなかったという。けれど、方向からして王宮の中でも王族の住まいに近い場所から放たれたと思われる。

王宮の中は人が多すぎる。王家への忠誠心よりも信仰心を優先する者がいるかもしれない。それではいつ誰が刺客になるかわからない。

事実、女官長に毒を盛った侍女には王家に反逆するような背後関係は全くなかった。神のご意志だからと、反省している様子はないという。

信仰が絡むと複雑だ。損得が絡む動機なら調べることができるが、信仰心を煽られて行動した場合は外からはわからない。しかも本人は正しいことをしていると思い込んでいる。

教会側は父上が自分たちに逆らえないようにしたいのだ。だが、オルタンシアはあからさまに教会を排除してはいないし、父上もそこまでするおつもりはないはずだ。

教会側がオルタンシアに対する疑念だけで動いているのなら厄介《やっかい》だ。父上がそれを否定しても彼らの行動が収まるとは限らない。

まして今グリアン王の特使が王都に滞在している。それだけでも彼らを刺激するのは間違いない。

このままではまたどこで被害がでるか予想もつかない。だったら裏で教会が手を引いている証拠を摑んで、向こうの動きを止める方が手っ取り早い。

彼らが狙っているのが私なら、囮《おとり》になれるのも私しかいないだろう。

リザはそう考えたのだ。

「私は自分の知らぬところで起きること全てを知りたいわけではない。自分に関わることに何も知らされず誰かが傷ついても責任が取れぬことが許せないのだ。私を狙う者がいるというのなら、自分で立ち向かいたい。だが私一人では無理だ。今はアニアを巻き込むわけにもいかない。だからこそそなたに頼むのだ。ダメなのか？」

リザはティムの顔を見上げた。

刺客を捕らえるには自分一人の力では足りない。いくらリザでもそこまで自分を過信してはいない。

ティムはこのオルタンシア王宮で一、二の剣術の使い手だ。それに元々リザとは兄の側近として面識があって、アニアが王宮仕えを始めてからはリザの許《もと》を訪ねてくることが増えている。

駆け落ちしたとしても不自然に思われない程度の接点はある。

……頭の中ではこれが一番の策だとわかっている。

それでも彼が無理だというのなら、諦《あきら》めるつもりだった。

過去にこの男を危うく処罰《しょばつ》させてしまうあやまちを犯した。ティムだって二度も同じ相手の面倒に巻き込まれたくないと思っているかもしれない。

だから命令するつもりはなかった。ティムの意志を無視することはできない。彼が降りるなら他の策を練るしかない。

今度こそ、自分は判断を間違えるわけにはいかない。この件で彼に責任を負わせるつもりはない。どんなことをしてでも守ってみせようと思っている。

そう思って相手の反応を待ち構えていると、ティムは片方の手のひらで顔を覆った。

「なんでそんなしおらしい質問をなさるんですか。……わかりました。では部下たちと打ち合わせをしますので少しだけ時間をいただけますか。刺客をあぶり出すためとはいえ、それなりの人員を配置する必要があるでしょう。おそらくその書き置きで我々の意図は伝わるはずですが、経過については別途国王陛下にご報告します。あと、殿下の御身《おんみ》が一番大事ですから危険があればすぐ計画は中断します」

「いいのか？」

予想外にあっさりと認められてリザは驚いた。ティムはいつもと変わらない穏やかさでリザに微笑みかけると、その場に跪《ひざまず》いた。

「今の主人はあなたですから。『……姫の望みを叶《かな》えることが騎士たる我の喜びであります』」

それはアニアの小説の中に出てくる主人公の言葉だ。リザもその話を読んではいるが、さすがに目の前で口に出されると居心地が悪いくらい気恥ずかしい。

「なかなか実際やられるとくすぐったいものだな」

「言っていて恥ずかしくなりました」

ティムは立ちあがりながら苦笑いした。

そこからは手際よくことが運んだ。

駆け落ち相手としてはティムは恐ろしく有能だった。

王太子の側近として信頼されている上に、警備兵たちにも顔が利く。王宮内を知り抜いていて王都の地理にも詳しい。

短時間で部下たちとあらゆる事態を想定した打ち合わせを済ませてから、リザに手筈《てはず》を説明してくれた。

まずティムは部下たちの大半に休暇を与えた。リザの護衛が当面の任務ならば必要な人数は少なくていいからと。

次に、リザは乗馬の稽古《けいこ》を口実に動きやすい軽装に着替える。そして馬場《ばば》から他の護衛を振り切ってティムと二人で王宮の外に出る。リザは女性としては背の高い方だ。乗馬服を着て目《ま》深《ぶか》に帽子を被《かぶ》っていればティムの従者として門番を欺《あざむ》けるはずだ。

休暇を取らせた部下たちは、各地へ散って街道沿いのあちこちに駆け落ちの噂をばらまく。南部のマルク伯爵領に向かう二人を見たと。しかも囮役の部下二人にリザたちと同じ服を着せて実際マルク領まで馬を走らせる念の入れ方だ。

そうすれば南部の教会に駆け込んで結婚の誓いを立てようとしている……と刺客たちは考えるだろう。

どちらにせよ、王都の教会から早馬が出れば証拠を押さえられるし、刺客が教会と関わりがないなら街道に沿ってリザたちを追ってくる。王都から出てくる者の動きを見張れば正体が掴めるだろう。

その結果、あまりにすんなりことが運びすぎて、ティムが誘拐犯などの悪党に生まれなくてよかったと思ったリザだった。敵に回したくない人物だ。

ティムが重要視したことはもう一つあった。駆け落ちの間、リザの安全な滞在先を確保することだ。

最初は王家の所有する城に隠れることを考えていたが、アニアの小説に出てくる手紙を使ううちにベアトリスの居城《きょじょう》が思い浮かんだ。小説の中にも湖の中に浮かぶ城が出てくる。おそらくあの城を参考にしたのだろう。

血の繋がらない義理の祖母とは滅多《めった》に会うこともないので、一度ゆっくり話してみたいとリザも思っていたのでいい機会だ。

ベアトリスはリザが訪ねたことを本当に喜んでくれているようだった。

グリアンの特使のことを聞いて、昔王宮にいた頃のことを思い出して話してくれた。

「リチャード二世陛下の頃はグリアンの大使の方がよく王宮に来ていました。陛下の肖像を見せていただいたこともあります。赤い髪がとても印象的でしたわ」

それを聞いてリザはティムの赤銅色《しゃくどういろ》の髪に目を向けた。

「赤……それはこのような？」

「いえ。もっと明るくて鮮やかな……この国の人には見かけない不思議な色です。グリアン王家にはよくある色なのだとか」

リザはそれを聞いて眉《まゆ》を寄せた。鮮やかな赤髪。アニアがグリアン王の特使のことをそう言っていなかっただろうか。

……どういうことだ？　そもそもアニアは特使が偽名ではないかと疑っていた。では、あの特使は王族なのか？　一体何者だ？

「そういえば、特使のローダム卿《きょう》も赤髪だと聞きましたね」

ティムがそっと口を開いた。ベアトリスが驚いた顔をする。

「あら。ローダム家の方がいらしているの？　どなたかしら？　お若い方？」

「名前はたしかエルドレッドと。歳格好は二十代半《なか》ばから後半あたりかと」

「ではきっと私がお会いしたローダム卿のご子息のお一人ね」

ベアトリスは懐かしそうに目を細めてから、ふと戸惑った様子で首を傾げた。

「でも、おかしいわ。赤髪？　たしかご子息は全員お父様似の灰色の髪だと……」

やはりか。アニアから特使が偽名だと聞いた時には、国交もない遠国に要人を行かせるわけにいかないから名前を貸した替え玉を送り込んできたと思った。

しかし、もしかしたら特使は本物のローダム卿以上に訳ありかもしれない。アニアはこのことに気づくだろうか。

駆け落ち中だから離宮にいるアニアに連絡を取るのは難しい。だが、アニアの側にはリザの次兄であるメルキュール公爵ジョルジュがいる。諜報《ちょうほう》活動を指揮《しき》している彼ならば蜘蛛《くも》の巣を張り巡らせるかのように漏れなく情報を集めているはずだ。

「ベアトリス様はグリアンについてはお詳しいのですか？」

「私が王宮にいた頃はまだ国交がありましたから。でもずいぶん昔のことですわ。王都にはもう詳しい情報が残っていないかもしれませんわね。教会からかの国が破門されてから、熱心な信徒である貴族や官吏《かんり》によって資料のほとんどが処分されたと聞きました」

「……書庫にもかなり古い資料しかなかったので、参考にもなりませんでした。父上のお考え次第では私が嫁ぐことになる国なのに」

「そうですね。嫁ぐならば学ばなくてはならないことばかりですもの。もしかしたらクシー家には残っているかもしれませんわ。エドゥアール殿はグリアンと親交が深かったようですし」

そう言ってから、ベアトリスはティムとリザを交互に見て口元に笑みを浮かべる。

「けれど、このような形でお父様を困らせるのはほどほどになさったほうがよろしいですわ。

陛下は幼い頃からとてもお優しい方でしたから、即位してから求められるものの苛烈《かれつ》さに辛《つら》い思いをなさっていらっしゃるでしょう。グリアンのこともきっと悩んでいらっしゃるに違いありません」

やはりベアトリスはリザの駆け落ちが本気ではないと気づいている。父への反抗心で動いていると思われているのかもしれない。

ただ、リザにしてみれば父への当てつけだけで動いているつもりはなかった。

「……父上が大変なのはわかっているつもりです。私もお役に立ちたいと思っていました。それなのに父上は私に肝心《かんじん》なことを何も話してくださらない。これでは信じて待っていることはできません。だから私は自分で考えて動いているのです」

ベアトリスは頷いて、それからゆっくりと諭《さと》すように口を開いた。

「あなたはとても賢いし自分の立場もわきまえていて、本当に素晴らしい王女だと思います。それに、立場ゆえに安易に人を信じることが難しいのも仕方のないことでしょう。だからといって、全てを知りえないから相手を信じられないという考えは、あなたにとって良いことばかりではないでしょう」

「ベアトリス様……」

「私はこの国に嫁いできた時、あなたよりも幼かった。知らないことばかりで、誰を信じていいのかさえわかりませんでした」

ベアトリスが先代国王ジョルジュ四世の妃として嫁いできた時、彼女は十四歳だった。すでに亡くなった妃との間に三人の王子がいて、二人目の妃はあまり重要視されなかった。ジョルジュ四世は女性関係が派手で大勢の女性と浮き名を流し、庶子《しょし》も多く残しているのは公然の秘密だった。

「だから信用する相手を一人だけ決めたのです。この人の言うことを信じてみようと。そうしたら自分の足が地面についたような気がしました。そこから一歩ずつ前に出て、信じるものを増やすことで自分を広げていくことができました。もちろん相手は選ばなくてはなりませんが、隠しごとをしていて全て教えてくれない、と相手を疑ってはあなたの心を小さく狭《せば》めてしまいますよ。相手の全てを知らなくても信じることはできるでしょう。そのお気持ちをお父様にも向けてさしあげてはいかがですか？」

リザはそれを聞いて、アニアのことを思い出した。

彼女は大事な友人だ。彼女の全てを知っているわけではないけれど、彼女のことは信用している。彼女が何か自分に伏せていることがあっても、それは変わらない。

確かに彼女と出会ってから自分の世界は広がってきたと思う。それ以前は書庫に籠《こ》もりきりだったが、反発していた女官長や周りの人々にも目を向けるようになった。以前は知らなかった市井の情報も彼女に教わって興味を持つようになった。

「ベアトリス様の信じた人というのは、お祖父様ですか？」

「いいえ。まさか」

ベアトリスはあっさりと否定した。

「その人がアルディリアの王宮で忘れ去られていた私を連れ出してくれたのです。私はその人を信じてその人に恥じないようにと努力しました。リザ様にもそのような方がいれば良いのですが」

ベアトリスが信頼を寄せていた人物は想像がつく。彼女を王妃に推薦《すいせん》したのは当時の宰相だった。ルイ・シャルル王子による王位継承戦争後、彼女の赦免《しゃめん》に動いたのも。

信じる人がいたからこそ、嫁ぎ先で孤立しても何があっても彼女は心を閉ざさずに済んでいたのだろうか。今も穏やかに笑って暮らせているように。

「その通りだと思います。実は、私にも信頼している人がいますので」

「それは素晴らしいわ。お父様……ではないようですね」

ベアトリスは悪戯っぽい笑みを浮かべた。

「もちろんです」

リザは即答した。ベアトリスが声を上げて笑った。

「あらあら。お可哀想《かわいそう》な陛下」

……父上が信用できるかと問われれば無理だ。あの人は捕まえようとしたらするすると手の中から抜けて逃げていく狡猾《こうかつ》な狐なのだから。

「けれど、確かにしばらくお会いしないうちにあなたはとても魅力的になりましたね。ずっと書庫に籠もっていると聞いてお体を悪くなさるのではないかと思っていましたから。その方のおかげなのですね」

「そうですね。とても楽しく過ごしています」

昔の自分には家族以外は同じ人間とは思えなかった。リザの言葉をきちんと受け止めることもしない。そして、リザの方を見もせずにあなたは王女なのですから、と揃《そろ》って答える人々は、まるで言葉を話すからくり人形のようだと思っていた。

だから試すように悪戯を繰り返し、その反応を小馬鹿にして楽しんでいた。

……けれど。今は違う。

傲慢《ごうまん》な子供だった自分を投獄《とうごく》されても嘘をついて守ろうとしてくれた人がいる。そして、誰にも理解されなくていいと書庫に籠もっていたことをおおらかに受け止めてくれた人がいる。

彼らのおかげで、自分は変われたと思う。

からくり人形ではなく生きた人々が世界にはあふれている。それぞれが何を考えて、何を望んでいるのか。無数の人生が自分と同時進行で動いている。そんなことに思いを向けると自分の世界は何と狭《せま》かったのかとうちのめされた。

相手は書物ではなく人間なのだから、言葉を交わさなくては通じ合うことはできない。面倒だからと口にしなかったことも、相手にわかって欲しいのなら告げなくてはならない。そんな簡単なことさえもリザは知らなかったのだ。

リザはベアトリスに向き直った。

「決めました。もし父上にいきなりどこぞに嫁げと命じられたら、思い切り嫌だと申し上げます。それでも嫁いで欲しいなら、父上もちゃんと説明せざるを得なくなりますから。そもそも説明が足りないのは父上の怠慢《たいまん》ではありませんか。相手が女子供であろうと誰であろうと理解して欲しいならそれなりの態度が必要なのは当然。まして王たるもの人のお手本にならなくては。と言うわけで今後は徹底追及《てっていついきゅう》して納得するまで話し合います」

ティムがそれを聞いて顔を手で覆った。それでもリザは言いたいことを口にできて満足した。父からの命令でわからないことがあっても、隠しごとがあって当然だと諦めるのと、真実を知りたいと確かめるのとは全く別だ。

「少し父君がお気の毒ですが、なにごともお話をなさるのが一番ですわ。王宮の中にいると伝聞や噂に振り回されて大事なことを忘れそうになりますから」

ベアトリスはそう言ってリザとティムを交互に見て小さく微笑んだ。

6

リシャールが去った後アニアが特使たちの部屋に戻ると、椅子にかけてくつろいでいたエルドレッドが素早く歩み寄ってきて意味ありげに問いかけてきた。

「おや、少しお顔の色が悪いようですが、何かお困りごとでもあったのですか？」

「いえ、たいしたことではありませんわ」

さすがに今、リザとティムの駆け落ちについて話すわけにはいかない。

彼らの本気度はともかく、この人たちは自分の主人とリザの縁談を成立させるために来ているのだから。

アニアが平静を装うと、エルドレッドは悪戯《いたずら》っぽくにやりと口元に笑みを浮かべた。

「ずいぶんと大胆《だいたん》ですね、あなたは。王太子殿下と逢《あ》い引《び》きですか？」

どうやらアニアを訪ねてきたのが王太子だと気づいていたらしい。

この方々、ずいぶん目端《めはし》が利くのは何故なのかしら。

アニアが庭に出たことも知っていたが、よく考えればあれはこの部屋とは反対側の花壇《かだん》だった。見えるはずがない。それに、王太子は訪ねてきた時それとわかるような服装はしていなかった。

使用人から聞きだしている？　それとも他に協力者がいるのだろうか。どちらにしても油断はできない。

アニアは注意深く相手を観察した。

「……逢い引きなどではありませんわ。それは殿下にも失礼ではありませんか？」

「ですが、あなたは王太子殿下のお気に入りだという噂《うわさ》もあるとか」

一体誰がそんなことを話したの？　もしかしてまたジョルジュ様かしら。

アニアと王太子との関係が取り沙汰されていたのは夏頃の話だ。この頃は飽《あ》きたのかあまり騒がれることもなくなったというのに。

今さらそんなことをわざわざこの人たちの耳に入れるなんて。

彼らはアニアがクシー伯爵家の当主だと知らなかったくらいだから、この国に来た時点では王宮内の噂を知っていたはずがない。

そういう余計なことを話しそうな口の軽い人物はやはり一人しかいない。

「それはただの噂です。そのような下世話な噂を本気になさる必要はありませんわ」

「下世話でもないでしょう。大国オルタンシアの王太子殿下がまだ婚約者がいない状況で、気にかけている女性がいるとなれば、政治的にも意味があります。一体どのような手管《てくだ》で取り入ったのか教えていただきたいくらいです。実に興味深い」

……だんだん化けの皮が剝《は》がれてきたようだわ。女性が男性に近づくために媚《こ》びを売ったり何らかの手管を使ったりするとしか思わないのかしら、この人。

そもそも殿下が興味を持っているのは小説の続きであって、わたし個人ではないのに。

「あら、王女殿下よりもわたしなどに興味がおありだなんて光栄ですわ」

「我が国の申し出にはなかなか色よいお返事がいただけませんから。王女殿下の婚約が破談になったことで、風聞《ふうぶん》が良くないから早く嫁《とつ》がせたいとお考えならば狙《ねら》い目だと思ったのですが、どうやらこちらの陛下は乗り気ではないのかもしれませんね」

その瞬間、アニアは相手への印象が一気に悪い方に傾いた音が聞こえた気がした。

風聞が良くないですって？　狙い目ですって？　そんな言い方があるかしら。アルディリアの王子との婚約が破談になったのはアルディリアがこの国の貴族を煽って謀叛《むほん》を起こそうとしたからで、リザ様が悪いのではないわ。

リザ様に落ち度があったわけではないのに、それが傷になるのは理解できない。

そちらこそ『呪《のろ》われし国王』なんて曰《いわ》く付きなのに？　それでリザ様がちょうど狙い目だから妃《きさき》になんて侮辱《ぶじょく》にもほどがあるわ。

傍《かたわ》らにいたロビンが心配そうにこちらを見ていた。アニアの目が笑っていないことに気づいたのだろう。

従者だったらこの偉《えら》そうな男を止めなさい。私が武人だったら決闘《けっとう》を申し込むところだわ。

アニアは内心でそう叫びながら拳《こぶし》を握《にぎ》りしめた。

けれど怒りのままに目を曇《くも》らせては相手の思うつぼだ。この人はわたしを怒らせようとしている。それだけははっきりとわかった。

「不躾《ぶしつけ》な言い方に聞こえたら申し訳ないが、他にもエリザベト王女に求婚があるのなら、同じような思惑《おもわく》だと思いますよ。大国の王女を娶《めと》る良い機会だと」

エルドレッドの言葉に答えず、アニアは大きく息を吸い込むと彼の背後にいた護衛に目を向けた。

「今日は蛙《かえる》が煩《うるさ》いようですわね。そう思われませんか？　ローダム卿《きょう》？」

アニアが微笑《ほほえ》みかけると灰色の髪をした男が軽く目を見開いた。今までずっと黙って控《ひか》えていた男は自分に声がかかるとは思っていなかったようで、はっきりと動揺した様子が見えた。

「あなたが本物のローダム卿なのでしょう？　でしたら先ほどから聞こえているのはただの蛙の鳴き声ですわね？」

これははったりだ。国王から聞いた話ではローダム家には灰色の髪の者が多いらしい。そしてエルドレッド・ローダムという人物は実在するけれど灰色の髪をしているという。つまりここにいるエルドレッドは本物ではない。そこまではわかっていた。

けれど、だったらエルドレッドを名乗るこの人は何者なの。国王の特使として来ているのなら、主《あるじ》の求婚している相手をこんな風に貶《おと》めたりするかしら。

まして、アニアがリザのお気に入りだと知っているというのに。

異国の貴族相手にそんな無礼ができる人間など、限られている。

案の定エルドレッドがアニアに歩み寄ってきた。部屋の隅に控えていた自分の護衛が動こうとするのをアニアは手で遮《さえぎ》った。

「私を蛙とはずいぶんな態度ではありませんか」

そう言いながら目の前に来た長身の男をアニアは精一杯睨み上げた。

まだ蛙《いきもの》扱いしているだけいいと思って欲しいくらいだわ。リザ様に無礼なことを言う輩《やから》などゴミと一緒に袋詰めにして河に投げ込みたいのを我慢しているのだから。

せめてその手くらいひっぱたいてやろうかしら。そう思いながら男の大きな手を見た瞬間、頭の中にある光景が広がった。


石造りの古い建物の中。目の前に鮮やかな赤髪の男が立っていた。

『……会いにきてくれたのか。そなたのことだから無茶を言ったのだろう』

その男は子供のように悪戯っぽく笑った。面差《おもざ》しや髪の色は特使の男に似ているが、いくらか印象は柔らかく見えた。

『陛下のお許しはいただいておりますぞ。もっとも教会に知れれば私も異端者扱《あつか》いされるか

もしれませぬな。そう思ったのでちょっとばかり寄付をはずんでおきました』

『……そうか。それはすまなかった』

『私めからは今さら何も申しますまい。軽はずみに見えて熟慮《じゅくりょ》なさる方だとは存知上げております。またいずれ時が来ればお会いすることもありましょう』

赤髪の男は頷いた。そして、しずしずと入ってきた侍女が抱《かか》えた赤子を受け取ると、こちらに見せびらかすようにした。

『やっと我が子をこの手に抱くことができたのだ。後悔はしていない』

赤子の髪は男と同じ鮮やかな赤。うつらうつら眠っている。その手首に赤い痣《あざ》があった。

『フランシス様はすでにラウルスに？』

『ああ、帰ってしまって本当にいいのかと念押しされた。この子が生まれるまでラウルスが手出しをしないように残ってくれていたのだ。それで十分だ。あれがラウルスに帰ればこの国は正式に異端の国だ。二度と会うこともあるまいが、息災でやってくれればよい』

それを聞いてアニアは祖父が話している相手が何者なのか確信した。

グリアンの先代国王リチャード二世。世継ぎに恵まれなかったフランシス王妃との離婚を認めない教会から独立したために破門された。そして、すでに懐妊中だった妾妃《しょうひ》を正妃にした。

……離婚したフランシス妃のことも気にかけていたんだろうか。よく耳にする女癖《おんなぐせ》が悪くて若い妃と結婚したかった、という印象とは違う。

『まあ、このまま離婚が認められないなら私が死にましょうか、ってあっさりおっしゃるような方ですからな。あの予想外な物言いはオリアーヌ様とよく似ていらっしゃる』

グリアンのフランシス元王妃はリザの祖父ジョルジュ四世が最初に迎えたオリアーヌ王妃の妹に当たる。

『フランシスを悪者にするわけにはいかない。悪者になるのは私だけでいいのだ。この子もいずれ私を恨《うら》むかもしれぬな』

そう言いながら慈《いつく》しむような目で男は腕の中の赤子を見た。

『御子《おこ》のお名前をお聞かせ願えますか?』

『ウイリアムだ。虫のいい頼みだが、もし将来この子が身動きがとれなくなるようなことがあれば助けてやってくれ。エドゥアール』

『確かに虫のいいことですな。ですが一緒に教授のカツラを隠した仲です。例の約束も含めてお引き受けいたしましょう』

お祖父《じい》様、留学先で教授のカツラを……って一体何やってたの。

ともあれ、おそらくリチャード二世は自分が教会から独立したことで、息子の治世で困ることが起きるのを危ぶんでいたのだろう。異国の友人にまで頼み込むほどに。

……悪者になるのは私だけでいいのだ。

そう口にした男はわずかに口元に笑みを浮かべていた。

それは瞬《まばた》きほどのことだった。頭の中に浮かんだ光景で、アニアは理解した。

祖父は友人と別れる時に、彼の息子のことを頼まれたのだ。

だけど、お祖父様、わたしはこの人を助けたいとは思えないのです。どうすればいいのですか。

アニアは相手を見据《みす》えたまま問いかけた。

「では本当のことをお聴かせくださるのですか？　ウイリアム陛下」

あの赤い髪の男はグリアンの先代国王。その人と面差しが似ていて、さらに先ほど近づいてきたとき袖口《そでぐち》からわずかに赤い痣が覗いているのが見えた。つまりこの人はウイリアム王本人ということだ。

男は一瞬ぽかんとした顔をして、それから声を上げて笑った。

「私が何者なのか知っていたのか。……やはり侮《あなど》れないな。『穴熊』の孫娘」

「あら、わたしのことをご存じでしたの？」

「最初にメルキュール公爵から聞いた。クシー伯爵家が謀叛に巻き込まれて代替わりしたとは聞いていたが、それが女性当主とは思わなかった。メルキュール公爵からは、『彼女はリシャール王太子とエリザベト王女のお気に入りだから無礼のないように』と釘《くぎ》を刺された」

……やっぱりジョルジュ様が犯人だったのね。それにしても国王本人が特使に化けるなんて無茶すぎないかしら。しかも護衛と従者しか連れずに来るなんて。

「それならばどうして王女殿下を侮辱なさるようなことをわたしに聞かせたのですか？　王女殿下を本気で妃に迎えたいとお考えならそのようなことはしないはずです」

「縁談は本気のつもりだが。それにエリザベト王女の評判は聞いている。あなたのように褒《ほ》めちぎるばかりではないけれど」

「王女殿下の素晴らしさがおわかりにならないなんて残念ですわ」

アニアがそう答えると、相手は今までの穏やかな表情からうって変わって鋭い目でこちらを見据えてきた。

「エリザベト王女は舞踏会でワインに毒が入っていることを見事に見破ったとか。謀叛の存在をいち早く察知していたとも聞いている。それほど気丈ならば呪われた王の妃にふさわしいのではないかと思ったのだ。自慢にならないが我が国は貴族たちが派閥《はばつ》を作って陣取《じんと》り合戦のような小競り合いに明け暮れている。互いに刺客を送って、毒を盛るなど日常茶飯事《さはんじ》だ。妃になるのなら己《おのれ》の身を守れるくらいでなくては困るのだ」

アニアはそれを聞いてさらに拳に力が入った。

だーかーらー。それのどこがいい評判だというの。

あの舞踏会での一件は、偶然得られた情報で謀叛を企《たくら》む者たちが毒を使って暗殺を謀《はか》るのではないかという予想をしていた。リザ様がいつでも毒を見分けられるわけではないのに、そんなことを期待されても困る。

グリアンの王宮はそんな命を狙われて当たり前のようなところなのかしら。ジョルジュ様もウイリアム王の妃たちは暗殺された可能性が高いとはおっしゃっていたけれど。

その言い方は今までのお妃様方に対して酷いのではないかしら。

「では今までのお妃様は自分の身が守れなかった弱い方々だとおっしゃるのですか？　それでは亡くなった方々に失礼に聞こえますわ。ご自分がお妃様を守るおつもりがないようで、不実に思えてなりません」

灰色の髪の護衛が複雑な表情になった。彼は亡くなった王妃の身内だから当然だろう。

ウイリアムはアニアの言葉に眉を寄せる。

「無論国内の派閥争いを止められぬ私にも責任はあるだろう。だが、奴《ヤツ》らは妃の葬儀《そうぎ》が終わった早々に次の妃を決めようとするのだぞ。殺されるのがわかっていて妃を迎えるのなどもう沢山だ。だから異国から迎えた妃なら派閥争いに巻き込まれないだろうと考えたのだ。その上で国内をまとめるつもりだ。そうすれば最終的には妃を守ることになるだろう？」

確かにリザ様はグリアン国内の事情とは関係がない。けれど、それでは全部の派閥を敵に回すことになる。そんなことにリザ様を巻き込まないで欲しい。

アニアは激昂《げっこう》しないように握りしめた拳に一度目をやった。

「……逆ですわ。派閥と関係がないのなら、誰も守ってくれないということになります。全ての派閥から狙われるということでしょう？　それでは殿下を暗殺の的にするようなものですわ。自国の民でなければどう扱っても良いのですか？」

アニアが指摘すると、ウイリアムは不機嫌そうに黙り込んだ。図星だったのだろうか。

「あなたのお父様の方が、よっぽど女性に対して誠実でしたわね」

「何だと？　父上の何を知っていると言うのだ」

ウイリアムが苛立《いらだ》ちに任せてアニアの腕を摑もうとした。けれど、不意に脇から伸びてきた白い手に阻《はば》まれる。

「ジョルジュ様……」

いつの間に。驚いたアニアにやんわりと微笑《ほほえ》んでからジョルジュはウイリアムに向き直る。

「楽しそうなお話し中に申し訳ない。彼女を少々お借りしたいので、あなた方はしばらくこちらでお過ごしいただけますか？」

のんびりとした口調ではあるが、ジョルジュは摑んだウイリアムの手を離そうとしなかった。それに目は全く笑っていなかった。

「申し上げたはずだ。無礼のないようにと」

低くそう言い放つと、今度はアニアの手を取ってさっさと部屋を出る。

「ジョルジュ様？」

黙って歩くジョルジュに従いながら、アニアは問いかけた。珍しく口数が少ない。

けれど、階段を下りて彼の居室まで戻るとジョルジュはいきなり大笑いし始めた。

「上出来だよ。やっと本音が見えてきた」

「……ジョルジュ様？　それは一体……」

「いやほんと、君は面白《おもしろ》い。どうしてあの男がウイリアム王本人だとわかったの？　また君の祖父の仕業《しわざ》かい？」

好奇心全開の目を向けてきて、ジョルジュが首を傾《かし》げた。

「……お祖父様は最後にグリアンを訪れた時、生まれたばかりの王子に引き合わされたのです。その王子の手首に赤い痣があって……あの方にも同じ痣があるのに気づいたんです。ジョルジュ様もご存じだったのですか？」

「その可能性がある、くらいだけどね。さすがに正面から問いかける度胸はなかったよ。君があの男に拘《こだわ》っていたから、何かあるなと思ってグリアンの王族や主要貴族の情報を集めたんだ。それでわかったのは、グリアン王家には明るく鮮やかな赤髪の持ち主が多いらしいということ。そして、ウイリアム王は幼い頃、馬の鞭《むち》が顔に当たって大怪我をしたということ」

「そうなんですか……って、それでしたら、ジョルジュ様のほうがお詳しいじゃないですか。わたしがあれこれ詮索《せんさく》しなくても良かったのでは？」

アニアの問いに、ジョルジュは苦笑いした。

「いやいや。僕は一応王族だしリザの身内なわけだし。向こうは僕には尻尾《しっぽ》を出さないと思ってね。どうも彼らの態度は縁談を持ってきただけというより、こちらを試しているような印象だったからね。だから彼らの本音を知るためにも彼らを引っかき回してくれる人が必要だったんだ」

「……その言い方ですと、わたしが騒動を起こして回っているようにも聞こえるのですが」

「いやいや、ただの喩《たと》えだからね？」

ジョルジュが誤魔化《ごまか》すように付け加えるけれど、アニアとしては今まで粗相のないようにと緊張していた分どっと気が抜けてしまった。

「さて、まずは先ほどのリザに対する言動はこちらとしても黙っているわけにはいかないからね。父上やリシャールにも話すよ。まあ、二人ともぶち切れることは間違いないね」

婚約破棄《はき》でリザ様の評価が下がっているだの、それにつけ込んで縁談を申し込んで来ただの、彼らの耳に入ればきっと怒るだろう。

それにしてもジョルジュ様は一体どうして話の内容をご存じなの？　どこから聞いていらしたの？　まさかとは思うけれど、どこかで盗み聞きとかなさっていないわよね？

アニアが疑いの眼差《まなざ》しを向けると、ジョルジュはにこやかに小首を傾げた。

「それじゃ、アニア。そこに座って。君が知ってることを教えて欲しい」

そう言って手近な椅子を示すと、自分も正面に座って両手を広げる仕草をする。

「わかりました」

ジョルジュもまたアニアが祖父の記憶を見ることができると知っている。

だから正直に説明した。

最初にあの特使に会った時に面差《おもざ》しの似た別の男の顔が頭をよぎった。自分の記憶にない相手だから、これは祖父が関わっていることだとも薄々気づいていた。

あの時見た赤髪の男がグリアンの先代国王リチャード二世だった。王太子時代、祖父の留学先の大学に在籍していたらしい。

祖父の忘備録にたびたび出てくる、悪戯の相棒になったRという頭文字の学生がいた。あれはリチャード二世のことだろう。

けれどその交流は長くは続かなかった。リチャード二世は父の崩御《ほうぎょ》により即位。そして祖父の留学期間も終わって帰国した。

しばらくは淡々と日々のことが綴られていた忘備録に、何故《なぜ》か最後のグリアン訪問についての記述が残っていた。具体的な文章ではなく、日付と何かの数字とクシー領内の地名が書いてあっただけだ。

その数字の意味は、元家令が説明してくれた。

「祖父は最後にグリアンを訪れた時に、リチャード二世陛下といくつか約束を交わしていたのです」

「約束?」

「そのうちの一つが異端の国で暮らすのを恐れる民を移民として受け入れることでした。最終的な数は二百人前後。祖父は彼らにオルタンシア風の名前を与え、クシー領に集落を作らせました。元々クシー領にはグリアン語に通じる者が多いのは知っていたのですが、それはグリアンから移り住んで来た人たちがいたのもあるのでしょう」

「なるほど。……その移民たちがグリアンに情報を渡している可能性もあるね。二十年以上国交がなかった割には、彼らは意外にこちらの事情をよく知っている」

「そうですね。当家の者の話では商人たちに手紙を託《たく》してグリアンと連絡を取っている者もいるそうですから」

彼らはここで待機させられている間に情報を集めているし、アニアが王太子と会っていたことや庭に出ていたのも知っていた。さすがに庭でアニアが話していた相手が庭師に化けた国王だとは知らないだろうけれど。彼らには何らかの形で協力者がいる可能性がある。

「色々わかってきたよ。じゃあ、ちょっとばかりあの涼しい顔を慌てさせてやろうかな」

ジョルジュが金褐色《きんかっしょく》の目を細める。何やら獰猛《どうもう》な獣《けもの》が舌なめずりしているような表情で。

「え？」

「普通国王自ら外国に行くなんて言ったら大騒ぎだよ。たぶん影武者でも使ってお忍《しの》びでやってきたのだろうね。そこまでするのなら、縁談だけではなく彼にも何か目的があるはず。おそらく、その目的はまだ達成できてない。もし、グリアンにそっちにいるのは影武者で王はすぐに戻れない場所にいるって教えたら、ウイリアムが嫌いな連中はどういう動きに出るかなー？楽しくない？」

ジョルジュは楽団の指揮者のように指をゆらゆら楽しげに振っている。

「……そんなことをしたら謀叛を起こされてしまうのではないですか？」

グリアンは海の向こうだ。その情報を得てウイリアムが帰国するにしても時間がかかる。そうなると謀叛を抑《おさ》え込《こ》めるかどうか。

「僕らの可愛《かわい》い妹を傷物呼ばわりしたんだから、ね？　それに、僕が扇動しなくても謀叛はおそらく近いうちに起きる。ウイリアム王の敵は宰相派という派閥だ。宰相は自分の妹を王妃にするために邪魔だったウイリアムの母を暗殺したという噂がある。だから、そろそろウイリアムを廃《はい》して異母弟を王位につけるべく、謀叛を絶賛画策中なんだ。その時期をちょっと早めるだけだよ。彼らは今までウイリアムに刺客を送り続けても失敗続きなんで、しびれを切らしてる。欲望に忠実でいいよね。……そこへ千載一遇《せんざいいちぐう》の機会が来たらここぞとばかりに動くんじゃないかな」

「……そのようなことをなさっても大丈夫なのですか？」

さすがにそれは度を超していないだろうか。他国の謀叛を早めるなど、むしろ政治介入と言われても仕方ないのでは……。

「大丈夫だよ。宰相派の難点は、人数が多いように見えても目先の欲のみで繋《つな》がっているから、まとまりがないんだよ。ウイリアムも彼らの企みをちゃんと把握《はあく》していて、万一自分の不在時でも対応できるように軍を配置しているらしい。彼自身も彼の配下も無能じゃない。そして、祖国からの連絡を入手する手段も持っているはずだ。それでもやっぱり謀叛が起きたとなれば心配になるだろうし祖国に焦《あせ》って帰りたくなるよね。どれだけボロを出すか見物《みもの》だよ」

ウイリアムの母は宰相派に殺された。しかも宰相の妹がその後リチャード二世の王妃になっている。

そして、自分の王妃の死は暗殺だとウイリアムは言っていた。彼自身も刺客を送られていた。彼に子供がいないまま亡くなれば、宰相の妹が産んだ彼の異母弟が次の王になる。

もしかしたらウイリアムは幼い頃から義母やその兄である宰相から危害を加えられていたのかもしれない。

……それであの人間不信な態度になったのかしら。女性不信も加わっていたりして。しかし、だからってリザ様を侮辱していい理由にはならないわ。

「僕はリザの縁談について口を出せる立場じゃないけど、このくらいの嫌がらせはやって当然でしょ？　それにウイリアムは敵に回す相手を間違えてる。せっかく父上がアニアと話す機会を作ってあげたのに」

「……そうだったんですか？」

「父上はグリアンとの国交を即時回復するのは時期尚早《しょうそう》だとお考えだ。ただでさえオルタンシアは教会から疑念を持たれている状況だからね。ほら、前にリシャールに来ていた縁談断ったでしょ？　あれを根に持たれてるっぽいんだよね」

「ラウルスの公女殿下との……？」

「そうそう。ラウルス公国は教会と繋がっているからね。だからまずは民間での交易の拡大などを提案することになるだろう。そうなるとクシー伯爵家が窓口になるのがふさわしい。今まで交流があったようだし。それで彼らとの顔合わせの意味もあって、君を引き込んだんだ。だけど、彼らは君のことをただの小娘と侮って見ていたようだね。あげくに君にリザの悪口を言って怒らせたんだから」

「いえ……わたしは領主としては未熟で、小娘なのも事実ですわ。それに……」

いくらリザのことを悪し様《あ　ざま》に言われたからとはいえ、一国の王に対してかなり礼を失した言動を取ってしまった。これは官吏として失格な行動ではないだろうか。

アニアが少し沈《しず》みかけたところに、ジョルジュが笑みを浮かべる。

「君はいい子だね。リザのために怒ってくれてありがとう。リシャールが気に入っているのもわかる気がするな」

え？　なんでここで殿下の名前が……。

アニアが戸惑っていると、ジョルジュは勢いをつけて椅子から立ちあがった。

「じゃあ、早速、『ウイリアムさっさと追っ払い計画』を進めるからね。くれぐれも黙認よろしく」

「……本当にできるのですか？」

ジョルジュはさっきからこともなげに言っているけれど、海の向こうにある国の人々をそう簡単に動かせるのだろうか。よほどの情報伝達手段を持たないと難しいのでは？

アニアの問いにジョルジュは立てた指を口元に宛《あ》てる。

「できるよ。僕は悪い男だからね」

アニアはそれで改めて気づかされた。普段の朗らかな態度からは思いもよらないが、この人は傍系《ぼうけい》王族の筆頭であるメルキュール公爵なのだ。

かの公爵家には黒い噂がある。王家を陰から守る役割を持ち、配下には諜報や暗殺を専門とする集団がいる……という。

「まあ、父上に叱《しか》られない程度にするから、大丈夫大丈夫」

そう言うといつも通りの笑みのまま彼の部屋を出て行った。

自分の部屋に戻ろうとしたアニアは、その扉の前に人がいることに気づいた。

灰髪の護衛の男がアニアの侍女と何か話している。困惑している様子の侍女がアニアを見て表情を明るくした。どうやら彼はアニアに会いに来たらしい。

「……何かご用ですの？」

「いや……」

男は言いにくそうに黙り込んだ。

「ご用がないのでしたらご自分のお部屋にお戻りください。それとも侍女が何か？」

「あ、いや。先ほどは主が失礼した。それをお詫《わ》びしたかったのです。あの侍女に無理を言っていたのはこちらなので、どうか咎《とが》めないでいただきたい」

男は流暢《りゅうちょう》なオルタンシア語で説明した。今まで言葉を交わすことがなかったので改めてアニアは男を観察した。

「私の名はディーン・ローダムです。エルドレッドは叔父の名です。偽《いつわ》るつもりではなかったのですが……」

「やはりあなたが本物のローダム卿なのですね」

「ええ。まさか二十年も国交のなかった国で見破られるとは思いませんでした」

確かに普通なら気づかないだろう。けれどアニアだけではなくジョルジュも国王もそのことを知っていた。

「失礼ながら、あなたは亡くなられたクリスティーナ王妃のお身内ですの？」

ウイリアム王の五人目の妃クリスティーナはローダム家の出だった。それを聞いてディーンと名乗った男は目を瞠《みは》る。

「そこまで知られているのですか。隠し通せると思ったのが甘かったようだ。クリスティーナは妹に当たります。本当に隠しごとばかりで申し訳ない」

アニアは首を横に振った。

「わたしも失礼なことを申しましたわ。そのことはお詫びさせていただきます。あの方が非公式でお国を離れていらっしゃることを隠すのは仕方のないことでしょう。それでも、王女殿下のことをあのようにおっしゃるのはあまりに失礼だと思います」

いくら王族だろうと他国の王族を侮辱《ぶじょく》していい理由にはならない。

きっと今頃ジョルジュ様が国王陛下に報告なさっているはずだわ。それに、ジョルジュ様は彼らを困らせる策略を巡らせようとしている。

アニアも今回の件でウイリアムを庇う気持ちは全くない。

「それに、主君をお諫《いさ》めするのはあなた方臣下《しんか》の役目ではありませんの？　あのようなおっしゃりようを改めなくてはあの方のためにはなりませんわ」

ディーンは困ったように顔を曇らせた。

「本当に申し訳ない。主は少々女性に対して手厳《てきび》しくいらっしゃるのもあって、口が過ぎてしまったのです。私どもの方からも主に申し上げますので、どうかお気を静めていただきたい」

ウイリアム王を追い落とそうとしているのは義母と異母弟たちだと聞いた。

だから女性に不信感を持つようになったのかしら。確かに自分に言い寄る女性に対してもあまり良い印象を持っていないみたいだった。

けれど、全ての女性がそうだと決めてかかるのとは話が別だ。

「わたしを未熟と思われるのは仕方ありませんわ。わたしの祖父はウイリアム陛下に何かあったらお助けするとリチャード二世陛下とお約束していたようですが、どうやらわたしではお眼鏡《めがね》に適《かな》わなかったのでしょうね。とても残念ですわ」

祖父が聞いたらがっかりするだろうか。今まで祖父の記憶のおかげで助かったこともある。だからできれば祖父が望んでいたことを叶えたい気持ちはあったけれど。

向こうがこちらを侮るのならば、アニアも自分から彼らに手を差し伸べる気持ちにはなれない。

「あなたは……一体……」

「ご存じでしょう？　わたしはクシー伯爵エドゥアールの孫です」

ディーンはアニアの言葉に驚いたようにしばらく間を置いて、それからもう一度詫びの言葉を告げると部屋に戻ろうとした。

が、すぐに足を止めて振り向いた。

「……あれはなんですか？」

「え？」

彼の目線を追ったアニアにも異質なものが見えた。

その方角にある窓の向こう、森の中に点々と揺らぐ炎。

「ロータム卿はお部屋でお待ちください。すぐに確認させますわ」

それが手に手に松明《たいまつ》を持った集団だと気づいて、アニアは警護の兵士を呼んで事態を確認するように指示した。

どう考えてもその集団が友好的なものではないことは素人目《しろうとめ》にもはっきりわかる。

異様なのは大きな声で淡々と神を賛美する言葉を唱《とな》えているのが聞こえてくることだ。

本来ならばそれは安寧《あんねい》と救いをもたらすもののはずなのに。

アニアの耳には呪いの言葉のように不吉に響いていた。そうしてその声はじわじわと近づいてくる。悪意と憎《にく》しみがこの離宮を取り囲んでいく。

……何てことなの。今はジョルジュ様もいないというのに。

7

「お二人とも、お迎えが来たようですよ」

ベアトリスが窓の外を見てそう告げた。

書斎から借りてきた本を読んでいたリザは顔を上げた。

「……兄上ですか？」

「ええ。王太子殿下が馬車を率《ひき》いていらしています」

「ここに兄上が来るということは潮時《しおどき》か」

リザはそう言って膝の上の本を閉じた。

ティムはさすがに平静ではいられない様子で立ちあがろうとする。

やがて慌ただしく入ってきた王太子リシャールは、まるで戦場に向かうかのように厳《きび》しい目をしていた。苛立《いらだ》って焦《あせ》っているようにも見えたが、それが自分たちに向けられたものではないと感じてリザは戸惑った。

「兄上？」

「ベアトリス様、此度《こたび》は妹がお騒がせしました」

リシャールはまずベアトリスに歩み寄って丁寧に挨拶《あいさつ》する。

「いいえ。若い方々とお話が沢山できて楽しかったですわ。陛下に後日お礼を申し上げるとお伝え願えるかしら?」

「必ずお伝えいたします」

リザは首を傾《かし》げた。リザとしては駆け落ちのついでにベアトリスの城に立ち寄ったつもりだったのだが、父にお礼をするという意味がわからない。

……ああそうか。ベアトリス様は私たちの行動が駆け落ちではなく単なる訪問だったということにしてくださるのか。

リザは後でティムが罪《つみ》に問われないよう工作するつもりだった。なのに、ベアトリスやリシャールが先回りして話をまとめているということは、誰もこの駆け落ちが本気だとは思っていなかったのだろうか。

それはそれで面白《おもしろ》くはないのだが……。

リザが複雑な気持ちになっていると、リシャールがこちらに振り返った。

「二人とも、すぐに支度《したく》をしてもらうぞ。マルク伯爵はこのまま部下を連れてレヴリー離宮の警護の応援に回ってくれ」

「……離宮ですか? あの……何らかのお咎《とが》めは……?」

ティムが驚いた顔をしていた。リシャールは眉間《みけん》に皺《しわ》を寄せて険しい顔をする。

「何のことだ？　エリザベトが父上から命じられたベアトリス様へのお誕生日の贈り物選びに悩んで、強引にこちらに押しかけたのだろう。そなたはエリザベトを警護していただけのことだ。それを周囲が駆け落ちと勘違いして報告したらしいが」

ティムは何か言いたげだったが、リシャールの表情が硬いことに気づいてか黙り込んだ。

「名目としては悪くなかった。我々は駆け落ちした二人を追うべく、街道沿いの教会を全て調べることができたからな。だが、その中に気になることを言う奴がいたという報告が入ったのだ。満月の夜は異端の怪物どもを殺しに行かなくてはならない、と。だからオレもこれから小離宮に向かう。王宮には早馬を出したが、手勢は多いほうがいい。すぐに支度しろ」

「……わかりました。お供《とも》します」

それを聞いたティムはすぐにリシャールに一礼して飛び出して行った。

異端の怪物。それはグリアン人たちのことか。教会は信者たちを使って特使に何か危害を加えるというのか。だが、彼らの近くには……。

「エリザベトはこのまま馬車で王宮に戻るんだ」

「あの離宮にはアニアがいるではありませんか。私はそちらに行けないのですか」

リシャールは首を横に振った。

「エリザベト。落ち着くんだ。離宮には十分に兵を配置している。援護の兵も送る手配をしてある。だが、そなたを連れていくならその中から護衛を割《さ》かねばならなくなる」

リザはそう言われて自分の非力さを思い知る。剣も使えない自分など邪魔なだけだと。

教会側がグリアン人たちを狙《ねら》う可能性はあった。あの離宮は王宮の一角にあって警備もついている。だが、王宮内で働く者やその縁者が教会にそそのかされて離宮を襲うとしたら？　王宮には下働きまで含めれば毎日数千の人間が出入りしている。その中に熱心な信徒がどれだけいることか。

無辜《むこ》の民を利用しようというのか。警備兵たちに自国の民と戦わせるつもりなのか。

「わかってくれ。そなたはサニエ司祭を調べて欲しい」

「サニエ？　何を調べるのですか？」

サニエ司祭。この国の神聖教会で一番地位の高い人物だ。ただ聖職者という地位にはそぐわない贅沢《ぜいたく》に慣れた風貌《ふうぼう》がリザにとってはあまり好ましくはなかった。

叩けばいくらでも埃《ほこり》が出そうな男だが、どうして今その名前が出るのだろう。

「サニエの汚職の証拠を挙《あ》げなくてはならない。最近の教会の動向は明らかにオルタンシアに対する強い疑いが感じられる。どうやら奴《ヤツ》は教会への寄付金を自分の懐に入れて、総本部に少ない額で報告していたらしい。ジョルジュに調べさせたら、ここ数年寄付の報告額が極端に下がっていたのだ。教会総本部は、オルタンシア国内の寄付が減っているのは国王が寄付に制限をかけているせいではないかと疑っていたらしい。その矢先に教会が薦《すす》めてきたラウルス公女とオレとの縁談を断られたから、不信感がさらに高まった。つまり教会側がオルタンシアに疑惑の目を向けてきた原因の大元はあの男だ」

リザは耳を疑いたくなった。私欲のためにオルタンシア国内の教会寄付額を少なく報告していたと？

急に寄付が減ったことで、教会側は慌ててリシャールに縁談を持ち込んだのか。そして、それを断られたので脅《おど》しをかけてきたのか。女官長やリザを狙ってきたのもその一環《いっかん》か。

リザは口元に笑みを浮かべた。

「……かしこまりました。お任せくださいませ」

「今、ポワレたちが総掛かりで教会の帳簿を調べている。そなたなら帳簿の不正などすぐに暴《あば》き出《だ》せるだろう。では、すぐに戻る支度をしてくれ」

リシャールはそう言って踵《きびす》を返した。

帳簿の不正摘発か。やってやろうではないか。

自分にできることがある。リザはそう思うと気持ちが高揚《こうよう》した。

それに父よりもリシャールははるかに頼りになる。ティムも離宮に向かっている。きっと彼らがアニアたちを守ってくれるに違いない。だから、信じる。信じることにする。

リザは王宮に戻るとすぐに国王の執務室に向かった。

すでに隣接した控《ひか》えの間から臨戦態勢に入っていた。

持ち込まれた大きなテーブルの上に積み上げられた帳簿。それを広げて猛然と計算している宰相とその部下たち。

そして執務室では両側を兵士たちに挟《はさ》まれて監視された状態のサニエ司祭が国王と向かい合って座っている。それを傍《かたわ》らで見ているのはリザの次兄、メルキュール公爵ジョルジュだ。狡猾《こうかつ》な狐の親子に睨《にら》まれてはどうにもなるまいな。

サニエは脂汗《あぶらあせ》を流しながらじっと俯《うつむ》いている。部屋に入ってきたリザを見て、亡霊でも見たような顔になった。

「……王女殿下？　何故《なぜ》王宮に……」

「異なことをおっしゃる。私が王宮にいるのが不思議なのですか？」

「い……いえ。私の勘違いです」

おそらくはリザがティムと駆け落ちしたと聞いて、グリアンとの縁談を妨害《ぼうがい》するチャンスだとばかりに追っ手を出していたのだろう。彼らはすでにティムとリシャールの部下たちによって捕らえられているが。

不機嫌そうに眉《まゆ》を寄せたユベール二世がリザに目を向けてきた。

「隣室の者たちを手伝ってやってくれ。帳簿が複雑すぎてまだ全容が摑めていないようだ」

「わかりました。サニエ司祭がお金を誤魔化《ごまか》していたと証明できればいいのですね？　容易《たやす》いことです」

にこやかに応じると、サニエがほとんど肉に埋まっている首を竦《すく》めた。

「ただ、父上。褒美《ほうび》をいただきたく存じます」

「なんだ？　サニエの首ならやらんぞ？」

「そんな脂《あぶら》っこい首はいりません。あの小離宮の詳細《しょうさい》な見取り図を」

リザの言葉にユベール二世は頷いた。その言葉の意味がわかったのだろう。

「……よかろう。すぐに支度させる。どうせあの道は塞《ふさ》ぐ予定だったからな」

塞ぐ予定だった。ということはまだリザの祖父の代に作られた離宮の構造は変わっていない。

緊急脱出用の通路が残っている。

ならば、アニアはきっとそれに気づくはずだ。

「ありがたき幸せに存じます。では、すぐに帳簿を調べ上げて参ります」

リザはドレスのスカートを摘《つ》まむと優雅に一礼した。

＊　＊　＊

明るい月が周囲を照らしている。

じりじりと近づいてくる人々の姿を窓越しに見てアニアは眉を寄せた。

衛兵の制服や下働きのお仕着せをきた女性など、王宮内で働いている人たちが混じっている。彼らは教会に破門されたグリアン人に対する憎悪《ぞうお》を口々に叫んで松明《たいまつ》を振りかざしていた。

相手が得体の知れない敵だというのなら、警備兵たちも容赦《ようしゃ》なく剣を向けることができるだろう。けれどあの集団の中には顔見知りがいると口にする者もいて兵たちの間で動揺が広がっている。

彼らは教会の熱心な信徒なのだろう。正しいと信じ込んでいる人たちを説得できる自信はアニアにはなかった。

ただし、自国民同士が戦うことは避けるべきだわ。

離宮周辺に配備されていた警備兵たちを全員建物の中に集めて、アニアは警備責任者の男に告げた。

「……撤退《てったい》しましょう。すぐに突破されないように入り口を塞いでください」

自国民同士が戦ってどうなるのか。そもそも彼らは扇動《せんどう》されているだけで、叛乱《はんらん》を起こすつもりもないはずだ。たとえ王の持ち物であるこの離宮を攻撃することになるとしても。

「しかし、周囲は囲まれています。一体どうやって……」

この小離宮は王宮の北側にある森に囲まれている。異変があっても王宮側で気づくことは難しい。

「……やはり、異端者はこういう扱《あつか》いを受けるわけだな」

最後に現れた特使たちの中から、ウイリアムが諦めたような口調で呟いた。

「最初にそれは申し上げましたわ。けれど、あなた方を危険に晒《さら》すわけにはいきません」

「だが、どうやって彼らを止めるというのだ。扇動された人間ほど厄介なものはない」

「止めるつもりもありませんわ」

アニアの答えにウイリアムも周囲の警備兵たちもぽかんとした顔になる。

何かおかしなことを言ったかしら。だってわたしにそんな力はないもの。

それに下手《へた》に彼らの前に出てグリアンを庇う言動をすれば、アニアや警備兵たちも異端者に影響されておかしくなったとばかりに容赦ない攻撃を受ける可能性がある。

「ここから脱出すればいいだけですもの」

アニアはそう言って階段の正面にある大きな肖像画に歩み寄った。

……これが一番怪しいのよね。

そもそも愛人と過ごすための離宮にどうしてベアトリス妃の肖像画が飾られているのか。しかもとても目立つ場所に。

アニアはその額縁に指で触れて、一箇所だけ違和感があることに気づいた。それを摑んで引くと、肖像画が手前に動いた。

「……隠し扉が……」

アニアの行動を見ていた者たちが呟く。アニアはその空間を覗き込んだ。

下りの階段があって、そこから風が吹き込んでくるのがわかった。おそらく外に通じている、とアニアは確信した。

驚いて固まっている一同にアニアは微笑みかけた。

「ここから逃げられそうですわ。灯《あか》りを用意してすぐに行きましょう」

どこかで窓が壊されたような音が聞こえてきた。外から教会の聖典を大声で唱《とな》える声、異端者は去れ、と叫ぶ声が近づいてくる。

全員が通路に入ったのを確認して、アニアは扉になっていた肖像画を元通り閉めた。これでしばらく時間を稼《かせ》げるだろう。

思っていたよりもしっかりした石作りの通路を進んでいくうちに、ウイリアムがアニアの傍らに来て問いかけてきた。

「何故この通路を知っていた？　こうしたものは王族しか知りえないだろう」

「知っていたわけではありませんわ。この離宮は先代国王が愛人とお過ごしになるために建てさせたと聞いていたのですが、一番目立つ肖像画が先代の王妃様のものだというのがずっと気になっていたのです。普通愛人と逢瀬《おうせ》をする場所に奥方の肖像画は飾らないでしょう？　だから何か意味があるのかと思ったのです」

あの肖像画を見たら少なくとも逢瀬の相手は興《きょう》ざめするような気がして、アニアは通るたびに違和感を覚えたのだ。

「……先代の国王か。確か女性好きで有名な方だったな」

「そうですね。でも本当は少し違ったのかもしれませんわ。だって何かあったときの抜け道に王妃様のお姿を置かれたのは、頼りになさっていたということかもしれません」

数多くの浮き名を流していたジョルジュ四世は二番目の若い妃《きさき》を迎えてからは愛人のところへ通う回数が減っていたそうだ。晩年はほとんど王妃とともに過ごしたという。

だからアニアはジョルジュ四世陛下はベアトリス王妃のことを本気で愛していらっしゃったのかも、と妄想したことがある。

政略結婚でも真実の愛が芽生えることもあるはずだ。人と人との繋《つな》がりは外からでは窺《うかが》い知《し》ることができないのだから。

「先刻、私の父のことで何を言おうとしたのだ？」

ウイリアムは遠慮がちに問いかけてきた。

「これはわたしの想像も含まれていますけれど、リチャード二世陛下はご自分が悪者になることで、フランシス王妃様を守ったのではないでしょうか。お世継ぎができないことで一番苦しんでいらしたのは王妃様でしょうから」

アニアの見た光景では、リチャード二世は離縁した王妃を気遣《きづか》っていたようだった。よく噂《うわさ》されている妾妃《しょうひ》を王妃にしたいからフランシス王妃と別れようとしたわがままな王という印象ではなかった。

フランシス王妃は結婚を無効にできないのなら死にましょうか、とまで言ったという。

自死は神聖教会の教えでは大罪の一つ。教会との繋がりが深いラウルス出身の王妃がそんなことを口にしたというのなら、よほど世継ぎが得られないことを憂《うれ》いていたのではないかしら。

リチャード二世は追い詰められた王妃を自由にしたかったとしたら？

「戯《ざ》れ言《ごと》を」

ウイリアムは不機嫌そうに呟いた。

「……何をどう取《と》り繕《つくろ》っても、今の国の状況は全て父が招いたものだということは変わらない。その憶測《おくそく》がたとえ本当でも、国を巻き込んでやることではないだろう。父の行いこそが私にかけられた呪いのようなものだ」

そう言うと興味を失ったように黙り込んだ。

祖父の記憶の中で、いつかこの子も自分を恨むかもしれない、と言っていた赤髪の男。

リチャード二世は教会に逆らって、子のなかった王妃と離婚して祖国へ送り返した冷血で暴《ぼう》虐《ぎゃく》な王だと言われている。けれど、アニアにはそうは見えなかった。

そもそも、世継ぎ問題は養子を迎えるなど穏便な手法もあったはずだ。養子を王位継承者として認めるのに教会の承認が必要だとしても。

教会が政治に介入してくることを嫌って、距離を取りたいと考えている施政者は少なからずいる。離婚を認めさせるために自国で新たな教派を興《おこ》すというリチャード二世の行動は、教会の権力を削《そ》ぐ目的もあったのだろう。革新的な人物だったとウイリアムも言っていた。そうした大胆な方法を選んだことからも、それを察することができる。

けれど、結果として国ごと異端扱いされることになって、グリアンは孤立してしまった。ウイリアムの治世はそれを引き継ぐしかなかったから、その苦難はアニアには察することができないほど大きなものだったのだろう。

それでも、アニアにはリチャード二世がこの人にとって呪いだとは思えなかった。

離縁されたフランシス元王妃はしばらくグリアンに残っていた。新たな王妃に世継ぎが無事生まれるまで見届けてから祖国に戻ったのだ。

アニアが見た光景の中で、我が子を抱いているリチャード二世は幸せそうに見えた。

あなたは多くの人に望まれて生まれてきたのだとこの人に伝えられればいいのに。けれど、アニアが見た光景を言葉だけで信じてはもらえないだろう。

ウイリアムは自分が全ての不利益を背負わされていると頑《かたく》なになっているのかもしれない。もしリチャード二世が教会の承認を得て養子を迎えたとしたら、全て穏便に終わった代わりに教会の政治介入がさらに大きくなったはずだ。

……思うように自由にできないのは、どこの誰でも同じなのかもしれないわ。むしろこんな状態で国王などやれるわけがないと全てを放り出してしまわないだけ、この人は凄《すご》い人なのかもしれない。

アニアのウイリアムに抱《いだ》いていた怒りが少し落ち着いてきた。

一国の王が安易に謝罪などしないのはわかっている。王は正しくあらねばならないのだから。

ウイリアムの従者がアニアを訪ねてきたことで、あちらは非を認めているのだ。

もしウイリアムが身動きできなくなるようなことがあれば助けてやって欲しいと、リチャード二世はお祖父《じい》様に依頼していた。

……確かに結構身動きできない状態のようだわ。

教会からの政治介入がなくなって国内貴族の権力争いが激化して、謀叛《むほん》を企んでいたり王妃の命を狙ったりと国内は不安定になっている。それを抑《おさ》えるために大国オルタンシアとの繋がりを持ちたかったのかもしれない。

お祖父様は何を期待してわたしにあの記憶を見せたのかしら。そんなに出来のいい孫ではないからちゃんと説明が欲しかった。

今のわたしに何ができるのだろう。領主としても文官としてもまだまだ非力だというのに。

アニアはそう思いながら通路を歩き続けた。

ずいぶん進んだはずなのに、まだ出口にたどりつかない。もしかしたらどこかで進路を間違えたのだろうか。そもそも改修されたりしていたら、ちゃんと出口があるのかどうかも……。

今さら暴徒に囲まれた離宮に引き返すわけにはいかない。それになんとなくだけど、もう少し進んでみるようにと誰かに促《うなが》されている気がする。

黙り込んだままのウイリアムの様子をこっそり窺いながら、アニアは自分を奮《ふる》い立《た》たせようと大きく息を吐いた。

＊　＊　＊

「……どうだ？　私の見立てに間違いがあれば聞くが？」

リザは印をつけた帳簿を机の上に置いて、手で示した。

正面に座っているサニエ司祭が呆然《ぼうぜん》とした表情でその帳簿の山を見ていた。たった今、リザから着服に用いられた手口を説明されて、彼の顔から驚きのあまり脂分が幾分《いくぶん》か失われたようだった。

「どうして……おわかりになったのですか」

「懇意《こんい》の商会との取引が集中しすぎている。その取引内容が原価とかけ離れている。商品によってはその季節に扱われていないものもある。それらの不審な取引を追跡しただけだ。いくつかの商会を経由して裏金として積み立てていたようだが、私の目を誤魔化せると思うな」

リザが鋭く睨《にら》みつけると、サニエは贅肉でたるんだ顔に脂汗を浮かべて黙り込んだ。おそらく『書庫の姫』というあだ名から、リザのことは病弱で本をひっそり読んでいる深窓《しんそう》の姫だと思っていたのだろう。

リザがそう呼ばれる理由は読書家というだけではない。リザは書物なら何でも読むし、公文書や帳簿までも目を通している。さらに読んでいるうちに内容に矛盾《むじゅん》や齟齬《そご》があるのを発見できるようになった。

表には知られていないが、リザが今まで見つけた帳簿の誤りはかなりの件数に上る。その結果着服などの犯罪が明らかになったこともある。

リザは神殿から押収された帳簿に目を通すと、すぐにサニエの着服の手口に気づいた。

神殿の帳簿は王宮の官吏が扱うものより複雑だった。おかげで金の流れがわかりにくくなっている。おそらくは寄付などの総額を外部の人間に摑ませないためだろう。

けれど、それならば不審なものを辿《たど》ればいい。つらつらともっともらしい数字が並んでいるが、一般的な実態とかけ離れた取引が多すぎた。それが裏金の符丁《ふちょう》になっていたらしい。

この季節に入荷されるはずのない食材や商品があってもそれぞれの分野に関心がなければ気づかないだろうし、個々の計算は合っていたから官僚たちは見逃したのだ。

アニアの許《もと》に駆けつけたくて一刻でも惜しい気持ちだったが、それでも自分の役割を果たさなくてはならない。リザは判明した不正をまとめてサニエに突きつけることにした。

「すでに着服に関わった商会の代表者も呼びつけている。よくもまあ、これほどの額を誤魔化していたものだな。おかげで我が国は寄付が減り続けている不信心者の国だと疑われたのだぞ。そのような誤解は教会にとっても益《えき》にはなるまい。きっちりと報告書を作らせているから覚悟しておくがいい」

「……そのような……大事では……」

「何を言うか。寄付が減ったことで教会は我が国に疑念を抱いて国王陛下の真意を試すようそなたに命じたのだろう？　そなたにとっては担当する国が教会に離反した責任を取らされるよりも、自分の着服がバレて全てを失う方が恐ろしかったはずだ。だから、脅しのために女官長に毒を盛ったり、私に矢を向けさせたりした。そして、こともあろうに国王陛下が客人として迎えたグリアンの特使を狙わせた」

サニエは教会が疑念を抱いたきっかけが自分の着服行為からだとわかっていた。自分の罪を明らかにされるのが怖くて熱心な信徒を煽って過剰《かじょう》な行動に出たのだろう。

サニエは王宮内の礼拝堂を取り仕切っている。刺客を引き込むのも簡単だったろう。

「……あれは異端の怪物ではありませんか。あのような者たちが王宮内をうろつくなど、神はお許しになりません」

「では神のために集められた金を個人の懐に入れるのはお許しになると言いたいのか？」

リザは神の教えを信仰しているつもりなので、贅沢にたるみきった印象のサニエが神の気持ちを語るのは胡散臭《うさんくさ》いと思っている。

「神を都合のいい言い訳に使うのは感心できぬな。どちらにしても、そなたの罪は大きいぞ。神はそなたの所業をご覧になっているだろうし、我が国もそなたを見逃しはしない」

リザはそう言ってから話を聞いていた国王に目を向ける。

先ほどの鋭い口調からがらりと雰囲気《ふんいき》を変えてリザは上品に問いかけた。

「……これでよろしいでしょうか？　もう少し締め上げたほうが？」

問われた国王は重々しく頷いた。

「それで十分だ。まだ教会からも締め上げられる余地を残しておかねばならんからな。絞《しぼ》りすぎてはいかん」

「かしこまりました。ではあとは皆様にお任せして御前《ごぜん》を失礼してもよろしいでしょうか？」

「かまわぬ。報酬《ほうしゅう》と馬車は支度しておいた。下がってかまわぬぞ」

国王ユベール二世はそう言って微笑む。そして小さな古ぼけた鍵《かぎ》を差し出した。

リザはそれを受け取るとすぐさま足早に部屋を出た。

淑女《しゅくじょ》らしからぬと言われても構わない。親友を助けに行くのに躊躇《ちゅうちょ》などしているわけにはいかないのだから。


王宮の外れにある小離宮。そこを暴徒が襲撃した。サニエが信徒たちの不安を煽って異教徒であるグリアンの特使を狙わせたのだ。

今はリシャールとティムが率いる近衛部隊が鎮圧《ちんあつ》に向かっているはずだ。だが、すでに火の手が上がっているという情報もあった。

そこにはリザにとって大事な友人であるアニアがいる。彼女は特使の世話を命じられて離宮に滞在していた。同じく特使の世話係だったリザの兄ジョルジュはその時不在で、彼女がこの事態の指揮を執《と》らなくてはならない立場に追い込まれていた。

「水車の方に向かいなさい」

リザは用意された馬車に乗り込むと、護衛につけられた兵士たちにそう命じた。国王は彼女の行動を理解していて、用意された馬車は三台、兵士も二十人以上揃っていた。

「離宮ではないのですか？」

彼らは意外そうにしていたが、それ以上は何も言わず即座に馬車を走らせ始めた。

……彼女ならこんな時どうするか。襲ってきたのはオルタンシアの市民たち。それを護衛の兵士たちに攻撃させたりするだろうか。

あの離宮はリザの祖父ジョルジュ四世が女遊びのために作ったものだ。だから、万一のための脱出用地下通路が作られている。

報酬として渡された古い図面に描かれていた一本の線を目で追いながらリザは頷いた。

今まで王宮内の隠し部屋を見つけてきたアニアなら通路の存在に気づくだろう。彼女の祖父はジョルジュ四世の腹心だった。目端《めはし》の利く祖父譲《ゆず》りの観察力が、きっと彼女を助けてくれるはずだ。

あの離宮からの脱出路は川から王宮内に水を引き込むための水車設備の近くに通じていた。

ならば迎えに行くのはそちらにある出口側だ。

……だが、もし気づかなかったら。もし、暴徒たちに見つかって傷つけられていたら。

その不安がリザの頭の隅をかすめる。亡くなった祖父が彼女を手助けしてくれると信じたいが、それが万全ではないことだってあるだろう。

そして、彼女がどう動くか確証があるわけではない。

書物をいくら読んでも、わからぬことは沢山ある。私はまだまだ賢くなれてはいない。

リザは自嘲《じちょう》気味に口元を引き結んだ。

……人の身でできることはやったぞ。だから、アニア。どうか無事でいてくれ。


月明かりに大水車のシルエットが見えていた。

水車が操る揚水機《ようすいき》の音が聞こえてくる。その近くに納屋《なや》か狩猟《しゅりょう》小屋を思わせる目立たない小さな建物があった。

「馬車はここに待機。何人か灯りを持ってついてきなさい」

そう命じるとリザはその小屋に歩み寄った。扉だけは重厚で丈夫そうなものが取り付けられている。父に渡された鍵で開けてみたが、中には人の気配がない。

……やはり、気づかなかったのか。

リザは一瞬そう思ったが、床からかすかに光が漏れたように見えた。

「誰ぞいるのか？　……アニアか？」

その床板を叩いて問いかけると、その下から応《こた》えがあった。

「まあ。リザ様ですか？」

リザは兵士に命じてその床板を引き上げさせた。そこには地下に通じる石段があって、灯りを片手にしたアニアをはじめ、離宮にいた使用人や兵士たちがいた。

「ああ。安心しましたわ。……人の気配がするので、味方かどうかわからなくて出られなかったのです」

一気に石段を上ってきたアニアがリザを見て表情を明るくした。小さな身体は蜘蛛の巣や埃《ほこり》まみれになってはいたが、怪我などをしているようには見えなかった。

「アニア。無事で良かった」

「けれどリザ様。どうしてこちらに？」

「そなたのことだから抜け道を見つけると思ってな。迎えに来た」

次々に地下から出てきた人々が兵士たちに保護されて連れ出されていく。それを見ながらアニアはそっと問いかけてきた。

「……離宮はどうなったのですか？」

「ああ、すでに兄上とマルク伯爵の部隊が鎮圧に向かっている。火をかけられたという情報も来ていたが、そなたたちが無事なら些末《さまつ》なことだ。大丈夫だ」

リザはそう言いながら、ふと、人々の中にひときわ長身の赤髪の男を見つけてアニアに問いかけた。

「あの男か」

グリアン王国の特使。アニアが言っていた特徴にも合致《がっち》する。

それを聞いたアニアが不意に顔を強《こわ》ばらせた。

「あの、そのことなのですが、実はあの特使は……」

アニアは周囲に聞こえないように小声で告げてきた。彼はグリアン国王ウイリアム本人だと。

なるほど。アニアはすでに特使の正体に気づいていたのか。

あれがグリアン国王ウイリアム。五人の王妃に先立たれた『呪《のろ》われし国王』その人。

赤髪と顔を真横に一閃《いっせん》する古傷が特徴的なその男は、従者と思われる者たちと深刻そうな表情で話し合っている。

「……おおよそ見当はついていたが、やはりそうか」

リザは真《ま》っ直《す》ぐに赤髪の男に歩み寄ると優雅にスカートを摘まんで一礼した。

「グリアンの特使、ローダム卿《きょう》ですね。私はオルタンシア王女エリザベト・アデラールです。このたびは我が国の民がご迷惑をおかけいたしました。父に代わりお迎えにまいりました」

ウイリアムはさすがに驚いたようだった。突然兵士を率いて迎えに現れた相手が自分が求婚するつもりの王女だとは思わなかったのだろう。

「……お目にかかれて光栄です。殿下御《おん》自らおいでいただけるとは思いもしませんでした」

それだけを答えるのがやっとのようだった。

そもそもリザがこの場に迎えに来るのは、アニアが本来知るはずのない離宮の隠し通路を発見して逃げてくると予想していることが前提だ。どこまで彼が状況を理解しているのか知らないが、それでもこの場にリザが現れることは普通では考えられないことなのだ。

「クシー女伯爵は私の大事な友人ですから、その危機に駆けつけるのは当然です」

リザがそう答えると、ウイリアムは困惑と疑惑が混じった複雑な表情になってちらりとアニアを見た。アニアは自慢げに微笑《ほほえ》んでいる。

「申し上げた通り、殿下は素晴らしい方でしょう？」

そう言うとウイリアムは力が抜けたようにわずかに笑みを浮かべた。


王宮まで戻る馬車で、リザはウイリアムと同席することになった。隣にアニアとウイリアムの従者。正面にウイリアムとその護衛が並んで座っている。護衛の名前はディーン・ローダム。この男が本物の「ローダム卿」だったわけだ。

アニアは従者の顔色が良くないことを心配しているようだったので、リザがウイリアムの相手をすることにした。ある程度はオルタンシア語を話せるらしい。

まあ、非公式訪問とはいえ、王として扱ってやるしかあるまいな。リザがそう思っていると、ウイリアムが口を開いた。

「……王女殿下。あなたにまずお詫《わ》びをしなくてはならないことがあります」

「初めてお会いしたというのに、いきなり詫びねばならぬとは尋常《じんじょう》ではありませんね」

厳《いか》つい顔に大きな傷跡がある男は困ったような笑みを浮かべた。

「あなたのご友人を怒らせてしまったことはお聞き及びではないのですか」

「あら。そうなのですか？　それならば本人に直接伝えればよろしいでしょう？」

リザがアニアに目を向けると、彼女は小さく首を横に振った。

「……従者の方から謝罪はいただきました。ですからもう結構ですわ」

何か不快なことを蒸し返されたと言いたげで、謝罪しなくていいと言う割には目が笑ってないように見えた。

そこまでアニアを怒らせるとは一体何を言ったのだ？　まあ、大概、私のことを悪し様にでも言ったのだろうな。

リザは口元で扇《おうぎ》を広げて、ウイリアムに向き直った。

「ところで、私は最近呪いに興味を持って、呪術の本をいくつか読みましたの」

唐突な話に相手が戸惑った顔になる。

「人を呪うとは結構大変なものですね。手間暇《ひま》かけて材料を集めて、さらには悪魔に力を借りる呪文を唱えたりするのだそうです。そんな悠長なことをしなくても、気に入らない相手は直接自分でやっつけたほうがいいと思いませんか？」

「……」

ウイリアムは全く口を挟む余裕を与えられなくて呆然としているようだった。

「貴国の国王陛下は呪われていると噂されていますけれど、誰かにそのような手間をかけていただけるなんてむしろ幸せな方なのかもしれませんわね。そもそも実力で倒せる相手なら呪いに頼らなくてもいいはずですし、取るに足りない相手には誰もそこまでのことはしないでしょう？　ですから逆にどのように秀《ひい》でた殿方なのかと本当に期待していましたの」

アニアの祖父は先代国王の一番の寵臣《ちょうしん》で、内政を一手に引き受けていた人物だ。どうやらグリアンに留学経験もあったらしい。

だが、断交して二十年を超えていれば、オルタンシア国内でも貴族が代替わりしてかの国のことを知っている者はほとんど残っていないから、グリアンの後ろ盾になってくれそうな人物はいない。

そんな中でアニアは、ウイリアムには得がたい味方になる可能性があった。

だからこそ、リザの父はアニアとウイリアムを引き合わせたはずだ。それによってウイリアムの度量も測《はか》っていたのかもしれない。

リザはそこで声の調子を一気に低くした。

「……けれど、失望しましたわ。私の父がクシー女伯爵をあなたのお側につけた意味がおわかりにならなかったなんて」

ウイリアムは何かに思い当たったかのように顔を上げた。

アニアの祖父はグリアンとの国交を積極的に行っていた。かの国が教会から破門されるまでは。国交が途絶してもクシー伯爵領では最低限の交易が行われていた。

彼らの船がクシー領の港に現れたのも、それが理由ではなかったのだろうか。けれど、クシー伯爵家は代替わりして若い女当主が継いでいた。それが面白くなかったのかもしれない。

リザの父が彼らの側にアニアを置いたのは、クシー伯爵家が彼らの力になりえるのを示すためだったのに。

リザはアニアが心配そうな目線を送ってきているのに頷きかけてから、ウイリアムを見据えた。

「クシー女伯爵は私の大事な友人です。今後はそれをしっかりと覚えておいていただきたいですわ」

ウイリアムは両手を挙げる仕草をしてから、リザとアニアを見た。

「……肝《きも》に銘《めい》じておきましょう」

「おわかりいただけて嬉しいですわ」

リザはそう言いながら上品に微笑みかけた。

ウイリアムは小さく咳払《せきばら》いをしてから、リザに問いかけてきた。

「……殿下は聡明な方だとお聞きしている。グリアンという国をどのようにお考えなのか教えていただけないだろうか」

リザはそれで気づいた。この人は国王としてもまだ若い。内政にも不安を抱《かか》えていて、対外的には国が教会から破門されて孤立した状況にある。

厳しい状況だと誰からみてもわかる。ならば改めて何かを言う必要はないだろう。

リザは努めて明るい口調で答えた。

「異端だとか呪われているだとか、所詮《しょせん》は他の人たちが決めつけたことでしょう。自らが認めないうちはそのような評価など存在しないも同然です。周りから何を言われても、正しいと思うことをなさればいいと思います。そうして強くなれば、いずれは周りが言《げん》を翻《ひるがえ》すことになるのではありませんか？」

孤立しているとは言え、元々グリアンは島国だ。独立して生活ができるだけの国力を持っていたはずだ。容易に他国からの政治介入を受けないという利点もある。まずは内政を整えて再び国力をつけることで周辺国から無視できない存在になればいいのではないか。

簡単ではないが、教会が破門を解くことを待つよりはよほど建設的だろう。

「よもや、貴国の殿下は呪われていると周りに言われたら、それを素直に鵜呑《うの》みになさるような方ではないでしょう？　そのような不甲斐《ふがい》ない殿方では私の夫は務まりませんわ」

リザのからかいを含んだ言葉に、ウイリアムは声を上げて笑った。

「……なるほど。認めないうちは呪いも異端もない、ですか。殿下はなかなか面白いことをおっしゃる」

それは決して事態を改善させるものではない。けれど少しでも気持ちが軽くなればと思った。

……おそらく彼らが満足できるほどの答えを此度は返すことはできないだろうからな。


リザたちが乗った馬車が王宮に戻るとグリアンの特使たちの滞在する部屋もすでに手配されていた。大勢の侍従や兵士が出迎えに来ている。

……なんとなくそんな気はしていたのだが、どうやら父上は特使の正体がウイリアム王だと早いうちから気づいていたのではないか？

今回の迎えに用意された馬車も一番豪華なものだったからな。

リザがそう思いながら案内役の侍従にウイリアムたちを引き合わせると、ウイリアムが何か言いたげにリザを見ていた。

「……何か？」

ウイリアムは少し離れたところにいるアニアに目を向けてから告げてきた。

「実はクシー女伯爵に王女殿下のことを話して欲しいと頼んだら、殿下の素晴らしいところを話すためには徹夜《てつや》でも足りないほど時間がかかると言われたのです。納得がいきました。あなたも非凡な女性のようだ。二度と女性を見かけで侮ることはしないとお誓いします」

リザは頭を抱えたくなった。

ウイリアムの表情から真剣にそう言っているのはわかる。わかるのだが。

徹夜で語るほど私に素晴らしいところなどあるのか？　アニアが一体何を言っているのか理解できない。そんなことを言われた私はどのような顔をすればいいのだ。

徹夜で自分のことを褒《ほ》め称《たた》えられていたら、とてもではないが恥ずかしくてこの人と会うことはできなかっただろう。

「あなたとお話ができてよかった。どうにもならぬことは山積みだが、気持ちの持ちようで変わるものもある。そう思うと気が楽になりました」

ウイリアムはそう言って吹っ切れたような清々《すがすが》しい表情になった。

「クシー女伯爵にはもう見限られたかもしれませんが、彼女とも改めて話がしてみたいものです」

「それこそ彼女を甘く見ています。怒りに目が眩《くら》んでやるべきことを投げ出したりすることはありませんわ」

いつも前向きでくじけない。立ち止まることなく前に進む。

だからこそ、彼女はリザにとって大切な友人なのだ。

ウイリアムはなるほど、と呟いてから口元に笑みを浮かべた。

「私の父が彼女の祖父のことを得がたい友だと言っていた理由がわかる気がします」

少し羨《うらや》むような眼差しに見えて、リザは黙って頷くだけにした。

「……ものすごく背徳的行為ですわ」

アニアが頬に手を当ててそう呟いた。

「大丈夫だ。私も付きあうのだからな」

二人の目の前にはクリームがたっぷり盛られた焼き菓子が並んでいた。夕食をとりそこねた二人はリザがベアトリスからもらってきたお菓子を広げてリザの部屋で夜のお茶会をしていた。

「普段ならこんなことをしようものなら女官長に怒られるだろうから、今だけだ」

すでに真夜中だったが色々ありすぎて眠れそうになかったリザはアニアを部屋に誘った。久しぶりにアニアが王宮に戻ってきたのでゆっくり話せる好機だと思ったのだ。

「ティム。そなたも食べるか?」

部屋の隅《すみ》で控《ひか》えていたティムは恐ろしいものでも見るかのように首を横に振った。

彼は離宮の件が片付いた報告に来たのだが、この光景にしばらく固まっていたくらいだ。

「いえいえ。さすがにこんな時間には食べられませんから」

「なら、もう休んでいいぞ。女同士ゆっくり語らう会なのだから、そなたは邪魔だ」

リザの言葉にティムは微妙な顔つきをして、それから芝居がかった仕草で一礼した。

「ではお姫様方、ごきげんよう。あまり食べ過ぎないように」

そう言って部屋を出て行った。

　それを見送ったアニアはリザに心配そうに問いかけてきた。

「……駆け落ちって、嘘だったんですよね？」

「真剣にやったつもりだったのだが、誰も本気にしてくれなかったのだ。何がいけなかったのだろうな」

　リザがそうこぼすと、アニアは困ったような笑顔で頷いた。

「……そうですね。王太子殿下も本気になさってはいませんでした。本来駆け落ちは切羽詰《せっぱつ》まってするものですから、そういう雰囲気が足りなかったのかもしれませんわ」

「そうか。まあ、今になってみれば本気にされなくて良かったのだろうな。ティムには好きな女性がいるそうだし」

　普通は身分違いや何らかの事情で結ばれない男女がするものだとはわかっていても、そこまで男性に強い感情を持ったことがない自分では演技力が足りなかったのだ、とリザは納得することにした。

　それにティムがまた牢《ろう》に放り込まれるような大事にならなくて良かったと言うべきだろう。同じ人間を二度も牢屋に入れてしまったら、自分はとんでもない悪女でしかない。

　それを聞いたアニアは少し戸惑った様子で首を傾げる。

「……好きな女性といっても、最近はあまり聞かないのでもう諦めたのかと思っていましたわ。

ティムがそのように申し上げましたか？」

「いや。想い人に駆け落ちのことを誤解されてはならないだろうと思って、私が訊《たず》ねただけだ。そうしたら誤解されることはないから大丈夫だと言っていた。アニアは誰のことか知っているのか？」

アニアは思い出そうとしているのか少し間を置いてから答えた。

「……確か王宮に初めて上がった日に運命的な出会いが……とか、自分とは決して結ばれない相手だからせめてお仕《つか》えしてお守りしたい……とか……。それを聞いてわたし、てっきり不倫《ふりん》かなにかだと思ってました」

ティムが王宮に初めて来たのは六年ほど前だ。アニアはまだ十歳くらいだったはずだ。不倫という言葉を知っていたのはさすがだとは思うが。

「不倫か。それはまずいな。では相手と親密になる気はなかったのかもしれないな」

「そうですね……ただ、少しおかしな方向だったような気もしますわ。影ながらずっとその人の姿を見ていたいとか、その人に踏まれるなら本望だとか、変態の人のようなことを」

女性の側からすれば見知らぬ男性が物陰からじっと見つめてきたり、あなたに踏まれたいなどと言われたら気持ち悪いだろう。そもそもティムは幼いアニアになんということを話していたのだ。

「それでは……むしろ相手から逃げられそうだな」

「けれどティムが剣術に真剣に励《はげ》むようになったのは、その人を守りたいという気持ちからですから」

そう言った後アニアはふと思いついたように顔を上げた。

「もしかしたら、わたしが書いたお話の主人公は、少しティムに似ているかもしれませんわ。一人の女性を想い続けるというところが」

アニアが書いている恋愛小説は、美男の貴公子が愛する女性のために危険を顧《かえり》みず行動するものだ。他の女性には目もくれず一人の女性を想い続けるというのは、少女が思い描く理想的な恋愛かもしれないと思っていた。

けれど、その主人公が思いを寄せれば寄せるほど、相手の女性は自分には身に余ると逃げてしまってなかなか気持ちが通じ合わない。

つまり、ティムの少々思い込みの強い恋愛話を聞いていたアニアがそれを参考にしたということなのか。

「なるほど」

「けれど、このままではティムは結婚しそびれてしまいそうですわ」

確かに二十代半《なか》ばとなれば貴族の結婚としてはすでに遅いくらいだ。

「そういえば、あやつ、アニアの結婚式に出て大泣きするとか言っていたぞ。自分のことを棚《たな》に上げすぎではないか」

アニアはその光景を想像したのか額を押さえてから、何やら決意したように拳《こぶし》を握《にぎ》りしめた。

「……そんなことになったら困りますわ。早くティムの相手を見つけなくては。従妹《いとこ》としてのひいき目を差し引いても、ティムは魅力的だと思うのに」

リザは頷いた。

領地持ちで、背も高くて見目もそう悪い方ではない。剣術も強いし、頭もいい。魅力的な殿方の部類ではないだろうか。

まあ、チェスの戦術は手ぬるいし、従妹には過保護すぎたりといくらか問題はあるが。

リザ的には書物よりも興味を引かれる人物の一人でもある。

「だが、想い人がいるのにそんなことを勝手に決めていいのか？」

アニアはすっと目を細めて、真剣な眼差《まなざ》しを向けてきた。

「それも今となっては怪しいものですわ。女性からの誘いを断る言い訳に使っているだけかもしれません。そう答えれば『そんな一途な恋をしているなんて素敵』とか思われて、好感度も下がらないでしょう。積極的になれないのは、ティムに近づいてくるご婦人方があわよくば王太子殿下に紹介して欲しいと思っていることが理由かもしれません。ちゃんとティムを好きになってくれる方が現れれば、きっと考えを変えますわ。リザ様、どなたかいい方はいらっしゃらないでしょうか？」

ティムを落ち着かせないと将来自分の結婚式を台無しにされかねないと思ってか、突然意欲的になったアニアにリザは戸惑った。

自分の周りにティムと家格の見合う者がいただろうかと一瞬考えたが、首を横に振った。

「いや、私が紹介したのでは気に入らぬかもしれない。私はおそらくティムには嫌われているだろうから」

子供の時とはいえ、ティムを欺《だま》して牢に入れさせたのだ。ろくな人間ではない。

リザが自嘲《じちょう》気味にそう答えると、アニアは勢いよく首を横に振った。

「まさかまさか。そんなことは決してありませんわ。ティムは本当に嫌いな相手にはとことん冷たいんです。わたしの兄なんてティムに会ったら三日三晩魘《うな》されるとか言って怖がってましたもの」

「そうなのか。……私は魘されたことはないな」

「それにそもそもリザ様にわたしを引き合わせてくれたのもティムですわ」

「……」

言われてみれば、アニアが王宮に上がるきっかけを作ったのはティムだった。溺愛《できあい》している従妹を嫌いな相手の側には推薦《すいせん》しないだろう。

では思っていたほどは嫌われていないのだろうか。アニアが言うのなら信じたい。だが、相手が王女だからと表に出さないように振る舞っているだけではないか？

そう考えていると、アニアがこちらを不安そうに見つめているのに気づいた。

「……ティムがリザ様に何か言ったのでしょうか？　その……」

嫌っているそぶりをみせたのか、と心配になったのかもしれない。おそらくリザが過去にティムに何をしてしまったのかアニアは知らないのだろう。あの件は公式にはなかったことにされてしまったのだから。

「いや、そうではない。私は以前つまらぬ嘘をついてティムを欺してしまったことがあってな。それを今でも怒っているのかと思っていたのだ」

こんなことを言ったらアニアも自分を軽蔑するかもしれない。けれど、どう思うのか聞いてみたい気がした。

だから意を決して彼と初めて会った時のことを打ち明けた。

話を聞いたアニアはすぐに断言した。

「ティムはリザ様を嫌ってはいませんわ。ティムを助けるために真実をお話しになったのですもの、むしろ立派だと思います」

「そう……なのか」

嫌われていない。そう言われると少し心が軽くなった気がした。

「わたしはティムがリザ様のことを悪く言うのを今まで聞いたことがありませんわ。それに、ティムを本気で怒らせて無事で済んだ方もいませんし」

アニアはさらりと断言すると微笑んだ。

「……そうなのか？」

いや待て、後半の言葉は少々危険ではないのか。従妹からそんなことを言われるとは、それはそれで恐ろしい気がするのだが。

「そうなんです。だからリザ様は嫌われていません。わたしが保証しますわ」

アニアは力強く頷いた。

「そうなのか……」

「そうなんです」

顔を見合わせて頷き合っているうちに笑いがこみ上げてきた。

「そういえば、アニア。ウイリアム王のことはどう思っている？　今でもひっぱたきたいくらい怒っているのか？」

「言われたことは許せませんけど、あの方に対してはもうそこまで怒っていませんわ」

アニアは微笑んだ。

「ただし、同じことをもう一度なさったら、正式に決闘を申し込みます」

それは怒っているということではないのか。今回は不問にするというだけで。

「わたしはただ、お祖父様とあの方の父君との約束をこのまま反故《ほご》にするのもどうかと思っているのです」

アニアの祖父はグリアン留学の間にリチャード二世と親しくしていたらしい。

そのことを知ったアニアは自分の怒りに任せてそれを無視していいのかと迷っている。

「だからといって、わたしができることなど本当に些細なことですわ」

一地方領主であるクシー家が王家の意向に背《そむ》いてグリアンとの国交を持つことはできない。それに、クシー領にも教会の熱心な信徒は数多くいるのだから、万一にも破門されるようなことは避けたいだろう。

「父上は交易については拡大してもよいとお考えのようだが」

「そうですね。ただ、クシー領の商人がわずかにグリアンと行き来しているのですが、ほとんどこちらから物を売るばかりで、あちらで買い付けするものがあまりないのだとか。それではグリアンの経済は良くなりませんわ」

「確かにその通りだろう。不均衡な交易では相手のためにならぬな」

だからといって売れない物を買い付けるわけにもいかない。

アニアは手の中に収めたティーカップをじっと見つめてから、意を決したように顔を上げる。

そして、大きな青い瞳を輝かせて力説を始めた。

「ですから、技術交流ならどうかと思うのです。さすがに造船技術などは異教徒への軍事協力ととられて教会が黙っていないでしょうけれど、生活や生産能力の向上に役立つ技術なら問題ないでしょう。技術だけならば形に残らないから教会側も追及しにくいでしょうし。グリアンの技術力が上がれば、こちらから買い付けられる商品も増えると思うのです」

平等な交易が行えるようになれば国力が上がる。民にとって国を富ませる王が一番だろう。それによってウイリアムの政《まつりごと》が安定するのではないか。

リザはアニアがそこまで考えていたのかと驚いた。

個人的感情ではウイリアムに腹を立てていても、頭の中で冷静にそんな策を思いつく。官僚としても彼女は成長しているのだな、と微笑ましくもあった。

……やはりアニアは書物よりもはるかに面白いな。

その後も本の話やら何やらと話が弾んで、うっかりと長椅子の上で寝入ってしまい、翌朝二人は女官たちに呆《あき》れられることになった。

数日後、国王の執務室にアニアとリザ、そしてリシャールとジョルジュ、宰相などの高官が集められた。

離宮の事件があった後もアニアは特使たちの世話係を継続していたので、あの騒ぎで体調を崩した従者ロビンの治療の手配などに追われて忙しく過ごしていたようだ。

リシャールとジョルジュは離宮に押し入った者たちの取り調べをしていたらしいし、リザの部屋を訪ねてくることもなかった。今はリザの背後に控えているティムも、たびたび取り調べの手伝いに呼び出されていたのでリザの護衛はほとんど彼の部下が務めていた。

自分も呼ばれたということはグリアンの特使に対する返答に、何らかの結論が出されたのかと期待したリザだったが、国王の表情はどことなくのんびりした力の入っていないものだった。

「早速だが、グリアンの特使殿が突然帰国せねばならなくなったらしい。これから出立《しゅったつ》の挨拶においでになるそうだが……」

国王ユベール二世はちらりとジョルジュに目を向けた。

「……まあ、今回は目をつぶるが、次はないぞ」

ジョルジュは肩を竦めて諦《あきら》めたように微笑む。

アニアから聞いた話では、ウイリアムがリザのことを侮辱《ぶじょく》するような言葉を口にしたことでジョルジュが怒って裏工作を図ったという。

グリアンは国内で貴族たちが派閥争いを繰り返していて、とくにウイリアムの異母弟が彼を失脚させようと狙っているらしい。そのような輩を扇動するのはジョルジュにはたわいもないことだっただろう。

だが、父上にもしっかりバレているようだがな。

彼らが帰国を急ぐ理由はおそらくジョルジュのせいだろう。というより、さすがに手回しが良すぎる。あの抜け目ない次兄のことだから、おそらくはアニアを怒らせた時どころか、彼らが縁談を持ってきた当初から裏工作を始めていたのかもしれない。

「まずエリザベト。今回の縁談は断ることにした」

「わかりました」

リザは神妙に頷いた。アニアがほっとしたように表情を明るくしたのがわかる。

縁談についてはリザ自身も断る可能性が高いと予想はしていた。一人しかいない王女を嫁がせるにはこちらに利が少なすぎる。引き延ばしをしたのは他に考えがあってのことだろう。

「暴徒についてはまだ全て取り調べが終わっていないが、サニエ司祭がその首謀者《しゅぼうしゃ》であることが判明している。教会のミサでは何度もグリアンの特使に対する不安を語って煽《あお》っていたらしい。奴が寄付金を着服していたことと併《あわ》せて証拠をつけて神聖教会総本部に報告した。刺客としてエリザベトを追っていた者についても全員捕らえて背後関係を確認済みだ。まあ、これで当分教会側も我が国に手を出そうとはしないだろう」

サニエ司祭が寄付金の着服をしていたせいで、教会総本部から疑いをかけられていた。そのため女官長に毒を盛られたりリザ自身にも矢を向けられた。

おかげで書庫にも自由に通えなくなっていい迷惑だった。

リザはサニエに対しては全く同情する気が起きなかった。干《ひ》からびるまで脂を搾《しぼ》られてしまえばいいと思う。

国王は末席に控えていたアニアを呼び寄せた。

「クシー女伯爵。今後のグリアンとのあり方についてクシー伯爵家当主の考えを聞きたい」

アニアは幾分緊張した顔で国王に向き直った。

「陛下のお許しがいただけますなら、このたびの特使ご訪問を機会にクシー領においてグリアンとの人的交流を始めたいと考えます。建設などの技術者の研修を受け入れ、優秀な人材ならば当領内で言葉を学ばせて王都の大学への推薦もいたしたいと」

アニアはリザに考えを打ち明けてからも色々と考えていたらしい。よどみなく説明する姿にリザは頼もしさを感じていた。

経済的にまだ立て直し中のクシー領でできることは限られる。けれど、何よりも過去にグリアン移民を受け入れてきたから、偏見《へんけん》も薄い。留学生を迎える環境としてはふさわしいだろう。

「グリアンは長きに渡り他国との国交が途絶えたために技術的な立ち後れがあるようですので、それをお助けしたいのです。そして、人と人として接することで偏見を和《やわ》らげることができればいずれはもっとかの国と親しくなることも可能でしょう」

そこまで口にしてから室内があまりに静かになったのに気づいて、アニアは戸惑ったように周囲を見回した。

最初に動いたのはユベール二世だった。アニアに歩み寄るとぐるりと頭の先からつま先まで目を向けてさらに身を屈《かが》めて顔を覗き込んでいた。

「あの……？」

さすがに怯《ひる》んだアニアに、ユベール二世は真顔で問いかける。

「本当に中にエドゥアールが入っていないのか？　あやつが喋《しゃべ》っているのかと思ったぞ」

そうまくし立ててから突然声を上げて笑う。それでアニアはやっと緊張が解けたように表情を和らげた。

「よかろう。細部は詰めねばならんが、その線で特使殿には説明しよう」

そこへ特使たちが到着したと侍従が伝えに来た。

執務室に入ってきた三人のグリアン特使は帰国の挨拶の後、まず離宮襲撃の件について口にした。

「我々の安全に尽力くださったクシー女伯爵に感謝を申し上げます。滞在中の配慮に対して何も報いられないまま去ることになり申し訳ない」

「こちらこそ、暴徒を近づけてしまうことになったのだから、どうかお気になさらず。道中の無事を願っている。そして、ウイリアム陛下からのエリザベトに対するありがたいお申し出であったが、時期尚早であるとの声が多くお応えすることはできない」

「わかりました。……断っていただけて安堵《あんど》いたしました」

ユベール二世はそれを聞いて微笑んだ。

「おや。ご本人からそう言ってくださるとは」

ウイリアムはもう取り繕《つくろ》う気はないのか悪びれずに堂々と答えた。

「私ではエリザベト殿下の夫は務まりません。この国は侮《あなど》れない方が多すぎます」

そこでウイリアムはアニアに目を向けた。

ユベール二世は戸惑っているアニアを見て、笑いを堪《こら》えながら口を開いた。

「では、その侮れないクシー女伯爵から貴国への提案があるのだが」

ユベール二世の話にウイリアムは驚いた顔をした。

アニアの方から技術協力を申し出てくるとは予想していなかったのだろう。自分たちの技術が立ち後れていることを彼女に見透かされていたことも気がついていなかったらしい。

「それはありがたいことですが……。本当に侮れませんね」

「私も彼女にはたびたびしてやられますからな」

「陛下。特使殿もお急ぎですのでそろそろ……」

二人の国王に話の引き合いに出されて困っているアニアを見かねてか、リシャールが歩み出てそっと進言した。

「おお。そうであった。ではクシー女伯爵。イロンデル港まで彼らに同行を頼む」

「はい。お任せくださいませ」

「それから特使殿。まだ何か言いたいことがあるのではないか？」

ユベール二世が突然そう切り出した。ウイリアムは一瞬黙り込んでから、観念したように頷いた。

「……実は我々が来たのは、この者をクシー領に亡命させるためでした」

傍らに控えた線の細い従者を示しながら、ウイリアムはアニアに目を向ける。すると、心なしかそれを聞いて彼女が怒っているように見えた。

どういうことだ。従者を亡命させるために国王自ら来たというのか？

リザが戸惑っていると、ジョルジュがそっと説明してくれた。

「男のなりをしているけれど、本名はクリスティーナ・ローダム。ウイリアム陛下の五人目の妃だ。五人目の妃がご存命なんだから、最初からこの縁談は口実だったんだよ」

ジョルジュは後半はほとんどはっきりと彼らに聞こえる声で告げた。ウイリアムがそれを聞いて目を瞠《みは》る。

「……そこまでご存知だったか」

ジョルジュは金色の瞳を細めて大げさに肩を竦める。

「そもそもたった二ヵ月しか経《た》っていないのに次の妃をというのはかなり強引だ。これには裏があるとは思っていました。そうしたら、何故か五人目の王妃だけは早々に火葬にされたとか。明らかにそれまでと様子が違う。だから、何か裏工作をしたのでは、と考えました」

「だが、それだけでそこまで気づくとは……」

「あなたはクシー女伯爵がその従者が女性であることを知って、陰でずっと世話を焼いていたことはご存知なかったのですね」

アニアが硬い表情で頷いた。

「勝手なことをしてしまいましたけれど、具合が悪そうにお見受けしたので」

ウイリアムは従者に一瞬目を向けた。

「なるほど。そういうことですか。そんなに親しくなっていたとは知らなかった」

「……お命を狙っているのは宰相派なのですか？」

ジョルジュが問いかけた。

「その通りです。彼らにとっては世継ぎが産まれることは望ましくないのだから」

ウイリアムは苦々しい表情で頷いた。

「二月前、妃が体調を崩して静養している間、身代わりをしていた侍女が殺されてしまった。しかもその時妃が懐妊していることが判明した。このままずっと命を狙われ続けるくらいなら、死んだと偽《いつわ》って出産まで身を隠しておいた方がいいだろうと考えたのだ。最初は男のなりをさせて、実家に帰そうと思っていた。だが、彼らの執念深さからすれば、妃を守り切れるかどうかわからない。だから国外に逃がすことにした。エリザベト王女殿下に求婚したのも、次の妃を選定しているふりをして彼らの目を逸《そ》らすのが目的だった」

宰相とその妹であるウイリアムの義母、そして腹違いの弟たち。それがウイリアムにとっての最大の敵だ。しかも、ウイリアムに子がなければ放っておいても彼らに次の王位が渡ることになる。

ウイリアムの妃が懐妊したことが知れれば今まで以上に命を狙ってくるだろう。それで海を渡ってオルタンシアに妃を隠すことを考えたということか。

……確かにいくら何でも国交のない異国に妃を連れて行くとは思いもしないだろう。

「事情はわかりましたが、妊婦を船旅に連れ出すとはずいぶんと無茶をなさいますね」

リザがそう口にすると、アニアが大きく頷いた。

「最初から言ってくだされればクシー領でお預かりして王都までの移動も控えましたのに」

ウイリアムは苦笑いを浮かべた。

「無茶を言わないでいただきたい。実は、こちらもずっと戸惑っていたのです。父からは、困ったことがあればクシー伯爵家のエドゥアール殿を頼るようにと言われていた。ところがエドゥアール殿はすでに亡くなっているうえに、今の当主はまだ若い女性だったのだから」

アニアはそれを聞いて、それもそうですね、と頷いた。

エドゥアールが亡くなったのはアニアが生まれる前だ。とはいえ、この国でエドゥアールがリチャード二世と結んだ約束を最もよく知るのもアニアなのだ。

そのことをウイリアムは知らない。だから自分より年若い相手を頼ることを躊躇したのだろう。

それを聞いてリザは黙っていられなくなった。

アニアは若いが無能ではない。たとえ事情を知らなくても頼ってきた相手をすげなくあしらうようなことはしないだろう。

それにウイリアムがアニアの人となりを知る機会は滞在中に十分与えられたはずだ。

「けれど、今はそうお考えではないのでしょう？」

三人の特使たちはリザの言葉にそれぞれ頷いた。ウイリアムがふわりと破顔する。

「その通りです。何故だかわからないが、彼女と話していると父が教えてくれたエドゥアール殿の人柄が重なって奇妙な気分になった。もしかしたら、エドゥアール殿との約束を守ってもらえるかもしれないと。だから、改めてお願いしたい。クシー女伯爵、クリスティーナをクシー領に亡命させてもらえないだろうか」

アニアは真っ直ぐにそう問いかけられて、助けを求めるように国王の方を見た。けれど、ユベール二世は全く聞いていないそぶりで椅子に座って膝の上に書物を広げている。

この決断はクシー女伯爵であるアニアがするべきことだ。国王は聞いていても干渉《かんしょう》はしない。他国の王妃を預かるなど表沙汰にはできないことだから。あくまでアニアが領主として一人住民を迎え入れたという形にするしかない。

リザも彼女の決断に口を出すことはできない。

……ついでに国としては責任も取れないということだな。どうする？　アニア。

リザは心配になった。彼女はまだ当主としては不慣れだ。この重大な依頼をどうするのか。

「……亡命ではお受けできませんわ」

アニアはウイリアムの顔を見上げて問う。

「必ずお迎えにいらっしゃるとお約束いただけますか？」

「無論だ。子が生まれるまでには必ず国内を治めてみせる」

ウイリアムははっきりと頷いた。

アニアはウイリアムの背後に控えているクリスティーナに一礼した。

「では当家のお客様としてお迎えいたします。ただし、いつまで経っても迎えにいらっしゃらないようなら、彼女と一緒にグリアンまで押しかけますから、どうかお覚悟を」

アニアがそう答えると、隣にいたジョルジュがやるねえ、と呟いて小さく吹き出した。

リザはそれでこそアナスタジア・ド・クシーだと安堵する。身重の女性を船旅の帰路に送り出すようなことはしないだろうし、祖父が残した約束を違《たが》えることもしない。

……何とか父上に人材を回してもらって、クリスティーナ妃が無事出産できるように補助してもらわなくてはな。

「クシー女伯爵。それにエリザベト王女殿下。この国には侮れぬご婦人が多すぎる」

そう言って笑みの残った顔でウイリアムは一同に告げた。

「だが、この来訪はあなた方に会えただけでも収穫があった。深く感謝する。我が国は此度の恩義を忘れることはないだろう」

こうしてグリアンの特使は帰路につくことになった。

ジョルジュの見立てではグリアンで宰相一派が謀叛を起こしても、ウイリアムはすでに他の派閥と根回しして対処しているから、彼が帰国するまでには収まっているはずだという。

呪われてるとか言われてても、彼は国王としてはすこぶる優秀なんだよ、と言った後で、ジョルジュはにやにやしながら余計な一言を付け加えた。

「まあ、そのすこぶる優秀な国王を凹《へこ》ました女傑《じょけつ》が二人もいるなんて、我が国は前途洋々だねえ」

それを聞いたリシャールとティムの周囲の空気が一気に冷え込んだので、リザは曖昧《あいまい》に微笑むだけにした。

8

オルタンシア国王とグリアン特使の面談があった日の午後、アニアとジョルジュが特使たちをクシー領のイロンデル港まで送り届けるために出発した。その馬車を見送って部屋に戻る途中、リザは数歩前を歩いているティムに対してもやもやした気持ちがこみ上げてきた。

何か言ってやらねばと思っていたのに、何から言えばいいのかわからない。

王宮に戻ってから落ち着いて話ができていないが、あの駆け落ち騒ぎはすっかりなかったことになっていて誰も話題にしていない。王宮内で駆けめぐったらしい噂《うわさ》もあの変わり者の『書庫の姫』のやることだから、で納得されてしまった。

というよりリザを知る者は誰一人本気で駆け落ちしたとは思っていなかったらしい。リザは自分はそんなに大人扱《あつか》いされていないのかと不満を抱《いだ》いた。

だが、本気にされすぎたらティムに迷惑がかかっただろうから、後で火消しに回る必要がなくなったと思えばそれはそれで良かったのかもしれない。

そもそも、駆け落ち相手に選んだ相手が悪かったのだろうか。

赤銅色《しゃくどういろ》の髪の後頭部を見上げてリザはふと思い出した。

そうだった。しれっと誤魔化《ごまか》されたが、この男は今回の件でも自分だけが処分を受ける気だったのではないか？　リシャール兄上に言っていたではないか。

……お咎《とが》めは、と。

こやつめ。どうしようもないお人好《ひとよ》しというよりも、そこまでなぜできるのかという気持ちになる。今回は何が何でも私が守るつもりだったというのに出過ぎた真似をしおって。

もやもやしたつかえが、苛立《いらだ》ちに変わる。

全くこの男は。ドレスのパニエがなければ思い切り助走をつけてその背中を蹴飛《けと》ばしてやるのだが。

リザは精一杯力を込めてその背中を叩いた。

「わ。何ですか？」

不意打ちに本気で驚いた様子で、ティムが振り返った。

「不甲斐《ふがい》ない。剣術の達人の割には後ろからの攻撃に備えが足りぬな」

「……いきなりリザ様がそんなことをなさるとは思わなかったもので」

のんびりと答えながらいつものように柔らかく微笑《ほほえ》む。けれどリザはそんなものに誤魔化されるつもりはなかった。

「本当は蹴り飛ばしてやろうかと思ったのだが、ドレスが邪魔でな」

リザの攻撃的な言葉にティムは困惑した様子で、何かしましたか、と首を傾《かし》げた。

「此度《こたび》のことで何か言われておらぬのか？　そなたが左遷《させん》されるなら、私は父上や兄上に断固抗議する心づもりなのだからな」

リザの問いにティムは首を横に振る。

「まだです。ただ、リシャール殿下からリザ様の悪乗りに付きあうようでは護衛失格だと叱《しか》られました。近く正式なご命令があるかと思いますが、これは私自身の職務評価ですから、リザ様がお気になさることではありません」

「……そなたは六年前と同じことをしようとしていたのであろう。下らぬことしか思いつかぬなら、もう二、三発殴《なぐ》ってやってもいいのだぞ」

ティムだけを処分させるわけにはいかない。今度こそ自分はやったことの責任を取る覚悟だったのに。

そこで、リザはもやもやした気持ちの正体に気づいた。

あのときからずっと思っていた。何故《なぜ》ティムはリザを庇《かば》って牢《ろう》に入れられても本当のことを言わなかったのか。そんなことをされたこちらの気持ちなど全くわかっていないではないか。

将来は政略結婚の駒《こま》となる可哀想《かわいそう》な王女だから同情したのか？　守ってやろうと思ったのか？

「そなたも父上たちと同じか。私を現実から遠ざけることで守った気になっている。そなたは私の何を見ているのだ？」

あの時と同じだ。結局自分はティムを巻き込んでも責任が取れない。

そんな気持ちが顔に出ていたのだろう、ティムが少し困った顔になって、そのまま背を向けた。

「……独り言と思ってお聞きください。あなたと初めて会った時、木登りに失敗したのだと気がついていました」

「……え？」

あの一件以来、リザの方からもティムの方からも当時のことは話題にしなかった。なかったことにされていたので、蒸し返すことを避けていた。

「これでもアニアの従兄《いとこ》ですから。彼女が木登りに挑戦し始めた頃、間違えて枝を踏み外していたのを見たことがありました。木の幹に付いていた足跡とかを見て、あーアニアの時と同じだなー、と思ってました。けれど初対面の異性の前で、そんなことは口にできないだろうと察してそれ以上申し上げなかったのです」

そうだった。ティムは最初に木登りという言葉を口にした。どうして王宮でドレス姿の自分を見て木登りという言葉が出たのか疑問だった。

始めから彼はリザが無謀《むぼう》なことをしてドレスを汚したのだと知っていたのか。

ではあの時の自分の演技なども全部バレていたのではないか。それなのに。

「けれど、叱《しか》られるのが嫌でどうしていいのか困っているあなたの姿をとても可愛《かわい》らしいと思ったのです。だからあんな申し出をしてしまいました。あとであなたの身分を知ったのと同時に、あちこちから怒られてしまいましたが、今も全然後悔していません」

「愚《おろ》かしいことだと思わなかったのか」

嘘だと知っていたくせに庇うなど、何を考えているのだこの男は。

リザはティムの背中を見つめて毒づいた。

「まあ、確かに愚かですね。牢にも入りましたし。馬鹿なことしたなあ、と牢屋番にまで同情されました。……それでも賢くて美しい王女様とお目にかかる機会があったのは素敵な思い出なんですよ」

違う。悪戯《いたずら》を繰り返して騒ぎを起こしていた愚かしい王女だ。牢屋番でさえ理解しているのにティムは理解しなかったのか。

「賢くて美しい王女などこの国には存在しない。あんな人を人とも思わぬような子供が賢いわけがない。幻滅《げんめつ》したであろう?」

「いいえ。その時の自分は牢から出てもう一度士官が許されるなら、またあなたにお会いしたいと思っていました。けれど、うちの父がさすがに根に持っていて、二度とあなたと関わらせないなら王宮仕《づか》えを認めると申し上げたそうで。だったら家名も何もかも捨てて一兵卒から始めてでも……と思ったこともあります」

それで彼は王太子付きを辞めたいと転属願いを出し続けていたのか。

「だから今回、臨時でリザ様の護衛を命じられたのは別に左遷ではなかったのです。むしろ栄転中の栄転でした」

「だが、どうして私などにそこまでして仕《つか》えたかったのだ？」

リザがそう問いかけると、ティムはやっとこちらに顔を向けた。

「あの時、リザ様に頼りにされたのが嬉しかったからです。何かお役に立ちたかった。今回の駆け落ちの件も頼っていただけて光栄でした。他の男にあんな話を持ちかけられていたら、うっかりその男を抹殺《まっさつ》したかもしれません……というのは冗談ですが」

「……」

にこやかに見えるが明らかに本気が籠もっているとリザは気づいた。

そうか、この水色の目は意外に雄弁なのだな。彼の心を映《うつ》すかのごとく、穏やかな湖のように見えることもあれば冴えた刃《やいば》のように見えることもある。

見た目が優男《やさおとこ》で人当たりがいいから今まで気づかなかったが、この男は思ったよりも扱いが難しいのかもしれない。自分があてにされなかったからといって同僚を抹殺しようとするなど危険極まりないではないか。

ふとリザはアニアの言葉を思い出した。

……最初に王宮に上がった日に運命的な出会いが。

その女性にお仕えしてお守りしたいとも言っていたらしい。

仕えたいというのならバルト子爵家より家格が上の者だ。……王宮の中で道に迷っていた彼がその日出会った貴婦人など……。

そしてさっき、ティムはリザに頼りにされたのが嬉しかった、と言った。

そこまで考えると一連の彼の言動が繋《つな》がる気がした。

……嫌われてはいなかった……のか。あんなことをした愚かな子供を、嫌わずにいてくれたのか。

リザは心の奥から暖かいものがこみ上げてくるほど嬉しかった。やったことが許されるわけではないが、それでも嬉しかった。

「おそらくこれでリザ様の護衛からは外れることにはなるでしょうが、リシャール殿下が国王陛下にとりなしてくださるとのことなので、ご心配はいりません。また牢に入れられたりはしませんから」

「それは全く笑えぬぞ」

けれど、リザにはわかっていた。ティムは王太子付きが本来の職務だ。そしていずれは次期国王の側近となることが期待されている。彼がここにいるのは単にリザの警護を一時的に強化するためだったのだ。

「……どちらにせよ、そろそろ兄上にそなたを返してやらねばならんな。私の護衛ご苦労であった。色々と世話をかけたな」

そう告げると、ティムは少し寂しそうに水色の目を細めて微笑んだ。

「身に余るお言葉でございます」

……私に仕えたかったと言っていたが、もしかしたら兄上のところに戻されるのがティムにとっては処罰《しょばつ》なのだろうか？

けれど、この先彼がいくら望んでも、いずれどこかに嫁《とつ》ぐ王女の護衛になることはないのではないか？

そう思っていたら、ティムはちゃっかりと付け加えてきた。

「大丈夫です。転属願いは今まで通り出し続けますので」

「なかなかめげぬ奴《ヤツ》だな、そなたは」

「まあ、私も『穴熊』の孫ですからね」

少しふざけた口調で応じたティムに、リザは思わず吹き出しそうになった。

そうだった。この男もアニアと同じ、穴熊エドゥアールの孫だった。

リザは今までティムに抱《かか》えていた負い目が静かに薄れていくのを感じていた。

先のことなど誰にもわからぬのだから、今から何もかも決めてかかることはないのだ。気負いもわだかまりもなく見れば、未来にはもっと楽しいことが待っているだろう。

いずれ嫁ぐのだからと、自分で自分に呪《のろ》いをかけていたのかもしれないな。

リザはそう思いながら、ティムに目を向けた。

「そうか。ならば待っているぞ」

ティムは軽く目を瞠《みは》って、満面の笑みを返してくれた。

「お任ください。『姫の望みを叶えることが騎士たる我の喜びであります』ので」

思わず声を出して笑ってしまいそうになって、ここが王宮の廊下であることを思い出した。

リザは慌てて口元を扇《おうぎ》で隠した。咳払いで誤魔化しながらちらりとティムの顔を見る。

「……言っておくが私の望みを全て叶えるのは難しいぞ?」

そもそも口に出せない望みもある。

アニアと書物のことで語り合う日々、そしてティムがその傍《かたわ》らにずっといてくれる日々。そんな未来ならば、きっと楽しいだろう。

リザの胸中に気づいているのかどうか。ティムは水色の瞳を柔らかく細めてリザの目線を受け止めた。

「でしたら、一生かかってしまうかもしれませんね」

「……え?」

リザは一瞬耳を疑った。馬鹿なことを言わないで欲しい。次期国王となるリシャール兄上の側近という地位よりも、リザの騎士になることを望んでいるように聞こえてしまう。

……そのような大それたことを言われたら、そうなればいいと思ってしまうではないか。

戸惑っているリザに、なにごともなかったようにティムは窓の外に目を向ける。

「そろそろお部屋に戻りましょう。風が冷たくなってきました」

ティムはそう言うと再びゆっくりと歩き始めた。


日が傾いた頃になってリザの部屋をリシャールが訪ねてきた。

王都を出るところまで特使たちの乗った馬車を見送りに行っていたという。

もっとも、兄が見送りたかったのはグリアンの特使ではなくアニアだろう。

リシャールは王太子という立場があるから、アニアを何かと気にかけているのにそれを隠そうとしている。本人は隠せていると思っているらしい。けれど、普段堅物《かたぶつ》で通っている彼がアニアだけを特別扱いしていれば皆にも丸わかりなのだ。

「で？　そなたたちは何をしているのだ？」

リザは暇《ひま》つぶしにティムとチェスをしていたところで、またしてもどうしてこうなった、という盤面《ばんめん》と向き合っていた。その上、もはや勝負はついているのに、ティムはもたもたと長考していて降参しない。

リシャールは盤面を見ると何かを察したように頷いた。

頷くくらいならティムにさっさと投了するように助言をしていただければありがたいのだが。

リザはそう思いながら兄に向き直った。

「アニアはしばらく戻れないかもしれませんね」

クリスティーナ王妃の滞在先を手配するためにアニアは当面領地に残る予定だという。彼女のためにグリアン語のできる侍女や乳母《うば》を確保するのはクシー領のほうが容易《たやす》いだろうからと。

「そうだな」

「あちらの陛下はいかがでしたか？」

問われてリシャールは小さく口元だけで微笑んだ。

「おいでになった時の強気な態度からは変化したように見えた。だが、最後まで祖国で叛乱《はんらん》が起きたことは口になさらなかった」

「アニアへの態度はすっかり改めてくださったようですね」

リザの言葉にリシャールは頷いた。

「留学生計画について彼女と話し合いたいとおっしゃっていた。ウイリアム王はほとんどの女性に対して不信感がおありだったのかもしれない。彼の母の死後王妃になった義母が何かと嫌がらせをしていたようでな。ジョルジュからの情報だと、彼の顔にある派手な傷跡は幼い頃に義母がうっかりと乗馬用の鞭でつけたものらしい。酷い話だ」

「そうなのですか……」

おそらくは過失で片付けられたのだろうが、多分に故意だろう。あの目立つ傷を隠そうとしないのは、義母への反抗心を示しているのかもしれない。

「だから、彼は迎えた妃《きさき》が次々に亡くなっても、今までは淡々としていたらしい。けれど、五人目の王妃は彼自身が望んで迎えたらしくてな。彼女までも命を狙われたのが我慢の限界だったそうだ」

クリスティーナは元々最初の王妃の女官として働いていた。ウイリアムがそれを見初《みそ》めたらしい。地方貴族のローダム家では家格が合わないからと難癖《なんくせ》をつけられ続けて、五人目にしてやっと彼女を妃に迎えることができた。

その妃まで狙われたのは耐えがたいことだったのだろう。ウイリアムはクリスティーナを隠すために誤って殺された侍女を王妃として葬《ほうむ》り、クリスティーナは男装させて従者として側に置いていた。それでも懐妊していることもあり、いつまでも隠し通せないと今回の計画を思いついた。

「帰国したら今度こそ宰相派を一掃《いっそう》して国内を統一するとのことだ。元々宰相は権力と圧力で人を従えるような輩で、人望があるわけではないらしい。宰相の権力を削《そ》ぐために準備していたし、叛乱を起こしてくれるのをむしろ待ち構えていたくらいだそうだ」

「まあ、さっさと片付けて迎えに来ないと、アニアがただでは済ませないでしょうからね」

リザがそう言うと、リシャールも力が抜けたようにそうだな、と答えた。

『呪われし国王』と言われていたウイリアムは、いずれグリアンを平定した王と呼ばれる日が来るかもしれない。少なくとも妃を迎えるために彼は努力するだろう。

望むものを手に入れようとするならば、呪いなどにかまけている暇はないのだから。

「あのようなけなげなお妃を見捨てようものなら、アナスタジアは怒るだろうな」

リシャールはそう言ってから、ふとティムに目を向けた。

「父上からお聞きしたが、そなたは当面父上の警護に配属されるらしい」

「……あの……それは実質的に処罰ですね？」

ティムは戸惑いを通り越して固まっていた。普通なら王女付きから国王付きとなれば出世だが、この国の場合少々意味が違う。

あの自由奔放《ほんぽう》でつかみ所のない国王を警護するのはかなり大変だろうとリザでさえ思う。勝手に変装してしばしば姿を消すので、国王付きの警護だけでは人手が足りなくてリシャールやその護衛たちも呼び出されるくらいだ。

「王族付き警護の中で一番苦労が多い持ち場だからな。正式な命令は明日になるが、引き継ぎがあるから早めに来て欲しいと言っていた」

「……かしこまりました。ではすぐに支度《したく》します」

ティムは諦《あきら》めたようにそう答えると手際よく駒を片付けて部屋を出て行った。

……これから当分は父上に振り回されるのだろうな。

心なしか元気がなさそうに見えたので、リザは申し訳ない気分になった。

「それから、エリザベト。もう一つ話がある」

「……なんでしょうか」

急にリシャールが深刻な口調になったので、リザは身構えた。

何か兄上に知れたらまずいことがあっただろうか。

「ウイリアム陛下からお聞きしたのだが、クシー領からこちらに来る時、アナスタジアが持っていた書類をうっかり見てしまったそうだ。何やら物語のようで、登場人物が女主人の死を偽装する話だったので、自分が王妃の死を偽《いつわ》ったことを知っているのかと一瞬どきりとしたと」

「……」

「オレはそれを読んだ記憶がない。もしかして、アナスタジアの小説の新作を隠し持っているのではないか？」

リザはそれで思い出した。アニアの新作を預かったままになっていた。

駆け落ちやらなんやらと慌ただしくてついつい忘れていた。この兄は彼女の小説の熱狂的な読者なのだ。それこそ内容を覚えてしまうほどの。

ウイリアム陛下もなんという余計なことを兄上の耳に入れてくださるのだ……。

「隠しているなどと人聞きが悪いです。ちゃんと兄上にお渡しするつもりでしたから」

リザは素早く机に歩み寄って抽斗《ひきだし》に入れていた紙の束《たば》を差し出す。リシャールはそれを冒頭だけ見てからリザに問いかけてきた。

「……駆け落ちは楽しかったかい？」

兄の口調が少し和らいだので、つられてリザも微笑んだ。

「頑張ってやったつもりでしたが、誰も信じてくれなかったようですね」

「まあそうだろう。駆け落ちというのは絶対結ばれることが無理な相手とするものだ」

絶対無理？　たとえば平民とか既婚者相手ということだろうか。

確かに貴族なら王族との結婚は絶対無理というほどではない。過去には下級貴族の娘を妃に迎えるために公爵家の養女にしたりと小細工をした王もいた。ただそれは王族が男性の場合がほとんどで、唯一の王女として政略結婚の駒となるはずのリザの立場ではありえないと思っていた。

だからこそティムは駆け落ち相手に最適だと思ったのだが、父や兄の目から見ればそうではなかったらしい。

……欺《だま》せたのは教会側の刺客だけだったのか。

「とても楽しかったです。ベアトリス様ともお会いできたし、いただいたお菓子も美味《おい》しかったので」

「そうか。ベアトリス様が喜んでいたから、結果的には良かったのだろうな。次はぜひアナスタジアを連れてきて欲しいとのことだ」

「そうですね。落ち着いたらまた伺いたいです」

ベアトリス王太后はティムのことも気に入った様子だった。彼女ならばアニアの持つ記憶を理解して元宰相の昔話を聞かせてくれるかもしれない。

「それから父上が夕食の前にリザに大事な話があるそうだ。会議が終わったらすぐにこちらにお立ち寄りになるからそのつもりでいてくれ」

「大事な話……ですか？」

グリアンと教会の件が一段落したので、今まで滞っていた重要な法案を決める会議があるのだとは聞いていた。さすがの父も仕事から逃げ出すことはできなかったのだろう。

大事な話。また縁談だろうか。今度はどこの国から話が来たのやら。

少しうんざりしながらリザが問い返すと、リシャールは珍しく意味ありげに微笑んだ。

「父上に口止めされているから、リザにとって悪い話ではない、としか今は言えない。楽しみにしているといい」

「では、今回のご褒美に何かくださるのでしょうか？　でしたら嬉しいですわ」

もうどこにも嫁がなくていいから、ずっと書庫に籠もっていていいとか言われれば、一番のご褒美なのだけれど。それは決してありえない夢だ。

そんなことまでは望まないものの、兄が言うからにはよほどリザにとっていい話なのだろう。

リシャールは用事は済んだとばかりにアニアの小説を大事に抱えると、傍らの剣を手に取った。

「……ああそれから、もう一つ忘れていた。女官長が明日から復帰するそうだ。今までのエリザベトの稽古事《けいこごと》の遅れを取り戻さねばならないと意欲的だったそうだ」

「そうですか。……元気になったのですね」

リザにとっては最大級に残念なお知らせだった。

またあれこれと小言を言われねばならぬのか。しばらくは本を読む余裕もないかもしれない。

稽古事に講義にと予定を詰め込まれるだろうな……。

けれど、リザは以前ほどそれが嫌ではなくなっているのに気づいた。

ティムに抱いていた負い目が薄れたせいだろうか、それとも刺客が捕らえられたせいだろうか。何かに頭を押さえつけられていたような感覚が消えていた。

……ある意味その重さは呪いだったのかもしれぬな。ウイリアム王に偉そうに言っておいて、私自身も何かに囚《とら》われていたのかもしれない。

どうせいずれ嫁ぐのだからと諦めていたけれど、それを取り払ったら目の前が開けてくる気がした。

王女としての立場はあるし、役目からは逃げられない。それでも欲しいものは欲しいと口にしなければ手に入らない。

リザは兄に目を向けた。

「ところで兄上。前から思っていたのですが、兄上はずるいです」

「……何がずるいんだ？」

リシャールは驚いたようにリザに顔を向けてきた。

「兄上はずっと王宮にいるのですから、望む人をお側に置いておけるではありませんか。私は嫁ぐ時に皆とお別れしなくてはならないのに。これは不公平ではないでしょうか」

「……そう、なのか？」

リシャールの王太子としての重責を知らないわけではない。立場というのはそれぞれ違うのだから羨《うらや》んでも仕方ない。羨んでも何かが変わるわけでもない。

だから遠慮して言わなかった。けれど、口にしないと伝わらない。

戸惑った様子のリシャールに、リザはにこやかに挑戦状を叩きつけた。

「ですから兄上、私が嫁ぐ時はティムかアニア、どちらかをくださいませ。独り占めはダメですわ」

リザの言葉にリシャールは王手《エシェック・ロワ》で追い詰められたような表情になった。そんなことを言われるとは思いもしなかったのだろう。

非現実的な望みだとはわかっているけれど、それを口にできたことが嬉しくて、リザは満足して微笑んだ。

静かになった室内に、時を告げる鐘の音が軽やかに響いた。

Richard outaishi to
aoi bara

リシャール王太子と青い薔薇

「こんなはずではなかったんだがな……」

オルタンシア王国の国王ユベール二世はどこか憂《うれ》いのある表情を浮かべて執務室の机に頬杖《ほおづえ》をついていた。

「父上、物思いに耽《ふけ》るのはお仕事が終わってからにしていただけますか」

王太子リシャールはやんわりとそう告げてから、容赦《ようしゃ》なく追加の書類を積み上げた。

「……息子が冷たい」

父は拗《す》ねたようにぽそりと呟く。リシャールは大きく息を吐くと侍従に下がるように目配せした。

「父上。息抜きは結構ですが、度々《たびたび》お忍びで抜け出されていてはこうなるのは当然でしょう」

権限上問題のない案件ならリシャールが代理で決裁できるけれど、さすがに重要な決断は王の署名が必要になる。それなのにふらりと執務室から姿を消してしまう。最近は特に頻繁《ひんぱん》だった。

「この時期になると、この椅子の座り心地が悪いのだ」

ユベール二世がふっと笑みを浮かべる。

それでリシャールはもうそんな時期なのかと思い出した。

あの日がまた巡《めぐ》ってくる。自分たち一家の運命が大きく変わった日だ。

先代国王の崩御《ほうぎょ》後、王位継承を巡って国内は荒れた。父と王位を争った第四王子が敗れて隣国に亡命して全てが終わった日。

「私は兄上が王位に就いたら適当な爵位を賜《たまわ》ってのんびりするつもりだったのだがな」

父は先代国王の第三王子として生まれた。本来ならいずれ臣下《しんか》となって王宮を離れるはずだった。けれど二人の兄が相次いで急逝《きゅうせい》したため王位に就くことになった。

今も亡くなった兄たちのことが父の頭にはあるのだろう。自分はここに座っているはずではなかったと。

ただ、感傷的になる理由は理解できても、執務を大幅《おおはば》に遅らせるのはどうなのか。

「王家に生まれたからには王位に就く覚悟を持つのは当然だと思います」

リシャールの答えに父は困ったような顔をした。

「そなたを見ていると兄上を思い出す。兄上は模範的な王太子だった。けれど、本当は地質学者になりたかったらしい。私は早く世継ぎを儲《もう》けて譲位なされればよいのではと軽率にお答えしてしまった。兄上があれほど早く身罷《みまか》られるなど思いもしなかった。誰にでも等しく明日が来るとは限らぬのだ。だから、そなたはできるうちにやりたいことをやっておくのだぞ」

「……そのように心がけます」

リシャールは簡潔にそれだけを口にした。

「そなたの重荷を減らしたいとは思っている。だから、望みがあったら話してくれ」

そう言われてもリシャールには特に憧《あこが》れる職業はないし、王太子という立場の意味は理解している。ここでことさらに告げるような望みも思いつかない。

それよりも先ほどから父の手がすっかり止まっているのが気になっていた。

そろそろ仕事をしていただかないと他の部署に影響が出る。

「……でしたら、一つだけございます」

リシャールは取り分けておいた書類を国王の前に置いた。

「こちらの急ぎの案件だけでも今すぐ決裁していただけないでしょうか」

「いや、私が言いたいのはそういう即物的なものではなくて……」

ユベール二世は不満げに口を尖《とが》らせてから、諦《あきら》めたようにペンを手に取った。

「まあ、そなたが一番欲しいものは金で贖《あがな》えるものではないだろうからな」

「それはどういう……」

リシャールは父が意味深な笑みを浮かべているのに気づいて口を引き結んだ。

こういうときは動揺を見せたら負けだと経験則で知っている。

「とりあえず父上、手を動かしていただけますか？」

リシャールはつとめて平静にそう告げた。

自分が何かが欲しいと言えば、周りはどんなことをしても手に入れて差し出してくるのがわかっている。いらぬ騒ぎになるし、恩を売ろうという相手側の思惑《おもわく》がつきまとう。それが嫌で、いつの頃からかそうしたことを口にすることは控《ひか》えるようになった。

……だから、父上はオレが何を欲しているのかご存じのはずはない。きっと。

「とりあえず当面の未決書類は片付いたから、これで文官たちも安心するだろう」

国王の執務室から出たリシャールがそう告げると、側《そば》に控えていたマルク伯爵ティモティ・ド・バルトが穏やかに微笑《ほほえ》んでいた。

「殿下もお疲れでしょう。一休みなさいますか？」

「大丈夫だ。そこまで柔《やわ》ではない。午後の軍議までに仕上げねばならない草案があるからな」

父の執務が片付いたとしても、リシャール自身の仕事はまだ終わっていない。

リシャールは回廊にさしかかったところでふと庭に目を向けた。

穏やかな日差しに色とりどりの薔薇《ばら》が咲き誇《ほこ》っている。見慣れた光景なのに何かが引っかかった。

……これほど様々な色の花があっても……。

「……何故《なぜ》、青い薔薇はないのだろうな」

思いついたことをそのまま呟くと、バルトは戸惑《とまど》う様子もなくすらすらと答えてきた。

「その品種に元々ない色の花を作るのは交配がとても難しいそうですよ。作ろうとしている人はいるようですが、まだ成功していないはずです」

「そうなのか。よく知っているな」

リシャールは感心して素直に頷いた。するとバルトは何かを察したように笑みを浮かべる。

「これは従妹《いとこ》情報でして。彼女は畑を作ったりしてましたから、色々と植物に詳《くわ》しいんですよ」

彼の言う従妹はれっきとした貴族女性だ。畑という言葉とかみ合わなくて思わず問い返した。

「畑……？」

「ええ、泥《どろ》だらけになって領民たちと畑を耕《たがや》していました」

「待ってくれ。……そなたが言っているのはアナスタジアのことで合っているのか？」

「その通りです。他に従妹はいませんから」

彼の従妹、クシー女伯爵アナスタジア・ド・クシー。リシャールの妹であるエリザベト王女の友人だ。今は領地の視察のため王宮を離れている。

領地で育ったとは聞いていたが、貴族の令嬢が泥だらけで農作業にいそしむとは予想外だった。

「もしかして、殿下。彼女が小説を書くのが好きだから、ずっと家の中にいたと思っていらしたのですか？　以前乗馬が得意だとお話ししたことはありましたよね」

「いや、大概《たいがい》の貴族の女性は乗馬を嗜《たしな》むことはあっても、土に触れたりはしないだろう？」

「おや？　殿下は我が従妹が大概などという枠《わく》に収まるとお考えでしたか？」

「それは……確かに」

趣味で薔薇などの花を育てる貴婦人は珍しくないが、それでも作業の大半は使用人任せにしているのがほとんどで、泥だらけになって畑仕事をするというのは耳にしたことがなかった。だが、好奇心旺盛《おうせい》なアナスタジアにはそれも似合うのかもしれない。生き生きと作物を世話する様子が目に浮かぶようだ。

「では元々領民ともそうして親しんでいたということか。ならば視察も問題はないのだろうか」

彼女が初めての本格的な視察で緊張していないかと思っていたが、もしかしたら自分が心配する必要はないのかもしれない。

「ええ。私もあまり心配はしていません」

普段から従妹に対してかなり過保護なバルトがそう言うのならと、リシャールは頷いた。

「あと、王女殿下からの情報では、戻ってくるまでに新作を仕上げてくると言っていたそうですから、そちらも大丈夫ですよ」

リシャールはそれを聞いて思わず側近に目を向けた。

「いや、オレは別に小説の催促《さいそく》をしているつもりはないのだが……」

それでは彼女の小説のことだけを気にしているように聞こえてしまう。

アナスタジアが書いている小説を自分が読んでいることを周りに知られているのは構わないのだが、それだけが目当てで彼女に関わっているつもりはない。

優秀な側近は恭《うやうや》しく一礼する。

「心得ております。不肖《ふしょう》ティモティ・ド・バルト、責任を持って小説の新作をお預かりして参《まい》りますのでお任せください」

「いや、オレはそんなつもりでは……」

リシャールがそう言いかけたところで、相手が意味深な笑みを浮かべているのに気づく。

「え？　お読みにならないのですか？　前回の最後で濡れ衣《ぎぬ》を着せられた姫君がどうなったのか気にならないのですか？」

「いや。読まないとは言っていない。むしろ先が気になっている。けれどオレがそんなことを言えば迷惑だろう？」

「迷惑でしょうか？　殿下が楽しみになさっていると聞けば、彼女はむしろ喜びますよ」

リシャールにはそうは思えなかった。

正直物語の続きは気になっているし、今までの作品は覚えてしまうほど何度も読み返した。

けれど……。

「オレが言えば無理をさせることにならないだろうか？」

ただでさえアナスタジアは忙しい身なのに、自分が続きが読みたいと告げたら余計な負担をかけてしまうのではないか。それでももし彼女が体を壊したりしたら。

そう危惧《きぐ》したリシャールにバルトは少し首を傾ける。

「そうですね。おそらくとても張り切って書くでしょう。それでも本人は無理だと思ってないはずです。『ちょっと筆が乗ったので思ったより早く書けました』とにこやかに答えるでしょう。あなたのために無理をしました、とは決して言わないはずです」

リシャールはそれを聞いて思い出した。

舞踏会で自分がアナスタジアをダンスに誘ったせいで、嫉妬《しっと》した令嬢たちから嫌がらせをうけたときも、彼女はリシャールを責めることはなかった。

むしろ王太子とダンスをしたことは一生の自慢だと言ってくれた。

あれはリシャールに負担をかけさせないための思いやりだったのだろう。彼女はそんな気遣《きづか》いをさらりとしてくれる。だが。

「それでは、ますます余計なことは言えないではないか」

「余計だなどと。殿下はもっとご要望を口になさってもよろしいのではありませんか？　青い薔薇が欲しいなどと言われるのはさすがに困りますが」

「青い薔薇か……」

自分にとって希有《けう》なものだという点では青い薔薇もアナスタジアの小説も似たようなものだ。

彼女は誰かに読ませるために書いているわけではない。その作品と自分が出会えたのは偶然が重なった僥倖《ぎょうこう》だったのだ。

「まさか本当に青い薔薇が欲しいとか……？」

「いや。あれは単に……青色がないなと思っただけの話だ」

「はあ……」

側近がますます怪訝《けげん》な顔をするので、気にするなと告げてリシャールはもう一度庭に目を向けた。

自分には詩心がないし、気の利いた言い回しも苦手だ。だからこの気持ちをどう説明すればいいのかわからない。

……青色がない。足りない、と思った。

いつもと同じように薔薇が咲き乱れているが、その中に青色がない。

この庭はリシャールにとって見慣れた何の変哲もない普段の景色にすぎない。

元々花にそれほど心惹《ひ》かれるようなこともないのでいつもなら気にも留めないのだが、今日に限ってそう感じた。

だからと言って青い薔薇が欲しいわけではない。

『まあ、そなたが一番欲しいものは金で贖えるものではないだろうからな』

父の言葉を思い出した。

……自分が今一番欲しいもの。金では手に入らないもの。

自分が欲しいものを与えてくれるのは、ただ一人しかいない。

ああそうか、この庭に青色が足りないと思ったのはそのせいか。

アナスタジアはこの庭の薔薇が気に入っていたようだった。リシャールにとっては見慣れたこの景色をいつも目を輝かせて楽しそうに見つめていた。

あの青い瞳を通すと、リシャールにとっては何の変哲もない風景が別のものに変化する。

彼女が見ている世界はきっとオレが知るそれよりも興味深く美しいのだろう。

だからリシャールにとってこの庭の記憶はアナスタジアと重なっている。

ただ、空の青よりももっと濃い鮮やかな青色が今、ここにはないのだ。

自分の世界に彩《いろど》りをくれるあの煌《きら》めく青い瞳の持ち主が。

希有な青い薔薇よりも、彼女がこの庭にいて欲しいと望んでいる。彼女の書く小説だけで満足だった。それ以上を望まないつもりだったのに。

「こんなはずではなかったのだがな……」

リシャールはこっそりと息を吐いて、図らずも父と同じ言葉を口にしていた。

あとがき

春奈　恵

このシリーズも三巻を迎えました。楽しんでいただけたら嬉しいです。

今回はリザの縁談と彼女の過去を中心にお話が進みました。アニアの祖父の青春時代の悪行（？）も。いろいろとやらかしていたようです。

リザは王宮内では好きに過ごしていますが王宮の外に出たことがほとんどないので、例の外出は大冒険でした。

そして、女の子たちといえばパジャマパーティで恋バナだよね、というシーンも……嘘です。正確にはパジャマではありません。半分以上恋バナではないです。ただ、書いててとても楽しかったです。

ウイリアム王の父のモデルは有名なお話なのでご存じの方も多いでしょう。王妃と離婚しようとして教会から破門になったイギリス国王ヘンリー八世です。あのエリザベス一世のお父さんです。

この話を書く前、いろんな国の王室エピソードを調べたのですが、もうこのまま大河ドラマにしたほうがよくない？　って思うような人物が多すぎでした。すでにどこかでドラマ化などされてるのかもしれませんけれど。資料集めが楽しすぎて滅茶苦茶横道に逸《そ》れたりしました。

特にフランス王アンリ四世。結婚式で大虐殺《だいぎゃくさつ》事件（聖バルテルミの虐殺）だったり、生涯《しょうがい》で愛人が五十六人もいたりと、他にも盛りだくさんすぎて凄《すご》かったです。この人の生涯とか見てたらうちのジョルジュ四世なんて可愛《かわい》いものかもしれません。

今回も編集様、イラスト担当の雲屋《くもや》ゆきお先生を始め、多くの方々のお力があって本を出すことができました。ありがとうございました。

プライベートでも身内の引っ越しをダブルブッキングするというバタバタぶりで大変お騒がせしてしまいました。引っ越しは一度に二軒は無理です。どうか真似をなさらないでください。

次回、最終巻になります。

よろしければ、作家令嬢アニアと書庫の姫リザのお話、最後までおつき合いくださいませ。

WINGS・NOVEL

【初出一覧】
書庫の姫はロマンスを企てる：小説Wings '20年夏号（No.108）～ '20年秋号（No.109）掲載
リシャール王太子と青い薔薇：書き下ろし

この本を読んでのご意見、ご感想などをお寄せください。
春奈 恵先生・雲屋ゆきお先生へのはげましのおたよりもお待ちしております。
〒113-0024 東京都文京区西片2-19-18 新書館
[ご意見・ご感想] 小説Wings編集部「書庫の姫はロマンスを企てる 作家令嬢と書庫の姫～オルタンシア王国ロマンス～③」係
[はげましのおたより] 小説Wings編集部気付○○先生

書庫の姫はロマンスを企てる
作家令嬢と書庫の姫～オルタンシア王国ロマンス～③

著者：**春奈 恵** ©Megumi HARUNA
初版発行：2022年2月25日発行

発行所：株式会社 新書館
［編集］〒113-0024 東京都文京区西片2-19-18 電話 03-3811-2631
［営業］〒174-0043 東京都板橋区坂下1-22-14 電話 03-5970-3840
［URL］https://www.shinshokan.co.jp/

印刷・製本：加藤文明社

ISBN978-4-403-54236-7 Printed in Japan

SHINSHOKAN